"食爱而肥"

Shi Ai Er Fei

摇摆鲸 著

青岛出版社
QINGDAO PUBLISHING HOUSE

图书在版编目（CIP）数据

食爱而肥 / 摇摆鲸著.--青岛：青岛出版社，
2019.7
ISBN 978-7-5552-6660-0

Ⅰ.①食… Ⅱ.①摇… Ⅲ.①长篇小说－中国－当代
Ⅳ.①I247.5

中国版本图书馆CIP数据核字(2018)第017756号

书　　名　食爱而肥
著　　者　摇摆鲸
出版发行　青岛出版社
社　　址　青岛市海尔路182号（266061）
本社网址　http://www.qdpub.com
邮购电话　010-85787680-8015　13335059110
　　　　　　0532-85814750（传真）　0532-68068026
责任编辑　郭东明
责任校对　张玉霞
特约编辑　孙小淋
装帧设计　千　千
照　　排　梁　霞
印　　刷　三河市鹏远艺兴印务有限公司
出版日期　2019年7月第1版　　2019年7月第1次印刷
开　　本　32开（880mm×1230mm）
印　　张　7.5
字　　数　210千
书　　号　ISBN 978-7-5552-6660-0
定　　价　38.00元

编校印装质量、盗版监督服务电话　4006532017　　0532-68068638

建议陈列类别：畅销·现代言情

写给现实里不现实的我们

目 录

目 录

一　迷魂汤涂面包 ☁

　　在和胖虎交往之前，我对理科生是有刻板印象的，认为他们普遍情商和智商成反比、不善言辞、心思单纯。这个印象形成的原因已不得而知，但却使我在得知胖虎是理科生时瞬间提升了对他的好感度。比起八面玲珑、左右逢源，为人处世上的笨拙不但让人觉得老实可靠，还有一点儿蠢萌。有了这层光环加持，我便不再用严苛的男友标准要求胖虎，遇到他在现实世界不灵光，比如买了一斤草莓里面有半斤草的情况的时候，我也不忍责怪，只是爱怜地拍拍他，说"下次我来就好"。

　　但是随着和胖虎交锋得越发频繁，又通过他认识了一群理科生（我竟然不知道理科生有如此庞大的数量，以前他们对我来说只是墨西哥沙漠巨型仙人掌一样的存在）后我发现自己错了，这些仙人掌并不像我想象的那么简单。所谓的不谙世事往往是他们对这个世界有一套自己的价值体系且非常固执，如果把他们交流时产生的不畅当成理科生的木讷，那实在是一种误解。

胖虎的思维是总结归纳式的，他习惯先将五光十色的现象进行分类，继而寻找一个简洁、高效的解决方法，用他的话说就是不断追求最佳算法。胖虎就是这么搞定我的，他亲口承认："不然我根本追不到你，因为我完全不懂女人。"

胖虎不了解女人，他对女性的认知仅限于把女人的容貌、身材分为上、中偏上、中、中偏下、下五个等级，且以赵雅芝和关之琳为最高等级。至于女人在想什么，对他来说就如同银河系外的一个黑洞。对此最有力的证明就是我们的吵架记录——

胖虎："我觉得不好看所以没吭声，你又让我说实话，我说丑你就生气了。你说下次不要我陪你逛街，可是下次我真的不陪你又生气了。"

胖虎："你已经说了一个小时了，重点是什么，主题是什么，你到底想说什么？"

我："我说的是我的感受，你没有共情能力吗？"

胖虎："什么是共情？下次你能不能先……最好是在第一句点题，然后再说情绪和感受？因为我完全找不到句子和句子之间的逻辑关联。"

胖虎："我能不能提一个要求：每次只争论一件事，争论完再说下一件？所以现在你是因为哪件事在生气，我没有倒垃圾，还是你提醒过很多遍，还是上个月我把钥匙弄丢了？我脑子有点儿乱。"

在这种沟通效率下胖虎能只遵循一种法则，花半年时间把我追到手又花半年时间娶回家，我只能为自己的天真深深懊恼，更为曾对理科生抱有"欣赏的看轻"态度而后悔。

至于胖虎奉行至今的法则，被他概括为"喂养"，而具体的实施方略就是送礼物。胖虎再不懂人情，也知道女孩喜欢礼物。只是在实验和数据采样的初期，他只知道送，对送什么却完全不得章法。我曾收到过一个电脑键盘，一个形状可疑的垫子，一个打开后是护手霜的巨型桃子吊坠，等等。

有次我们一起去三亚旅行，晚上胖虎突然关掉酒店房间的灯，借着莹莹月光一脸神秘地说："我有个礼物要送你。"当时我们已经交往了大半年，我以为他要求婚什么的，捂着嘴心里小鹿乱撞。胖虎见我这副表情也很兴奋，手从身后绕出来，上面托着一个沉甸甸的、硕大的球状物。我在昏暗的光线里看了半天才辨认出那是个椰子，我礼节性地哇了一声，胖虎很开心："怎么样，惊喜吧？"接着他把椰子往我怀里一塞，开始满房间找工具，那晚接下来的时间他都在专心研究怎么劈开那只椰子。

当我洗完澡从浴室出来时，看见了终生难忘的一幕：胖虎满头汗水地蹲在阳台，一次次抱着椰子砸向地面。他在月光下的剪影像极了一只大猩猩，可他全情投入，一脸的坚毅和执着，那景象真是又滑稽又令人感动。

除了表达爱意，礼物也是胖虎解决纷争的利器。有天晚上他在外面玩游戏忘记了时间，直到天光大亮才猛然惊醒。但据他的玩伴回忆，胖虎只慌乱了几分钟便镇定下来了，接着不慌不忙地起身去麦当劳吃早餐，然后去最近的金店等到它开门，买了一对璀璨艳俗的金耳环。回到家胖虎脸还没进门，就先把胳膊伸了进来，语气殷切地说道："特意给你挑的，试试看喜不喜欢。"

一段时间后，胖虎总结了我看到礼物时的表情和事后处置它们的方式，喂养的内容渐渐靠谱。开始是不出错的礼物，比如巧克力、鲜花、香水，接着他学会了察言观色，听到我无意间说最近喜欢什么就去买下来。再后来他不知怎么突然悟出礼物的贵重程度和成功率成正比，虽然并不太懂其中的原因，却渐渐能将几个大品牌的名字念得朗朗上口了。

这种能力在胖虎去英国留学，我们的感情风雨飘摇时达到巅峰。一年半中胖虎先后回国三次，第一次带回一个古驰动物图案的限量包，第二次带回一条蒂芙尼的项链，第三次递给我一只沉甸甸的酒红色木盒，里面是一枚整一克拉的钻戒。除此之外，胖虎自始至终不多言语，对他的情敌置若罔闻。在如此从容沉稳的气场之下，终于，我再也找不到拒绝他的理由了。

可怜当时胖虎只是坚持这唯一的法则，至多是在实施过程中不断优化、改进，我却凭借文科生丰富的想象力为他分析出家中多金、为人大方、细腻体贴、锐意进取等不下十项优势。

更可怜的是我手中所有已是胖虎的全部积蓄，他背后我所臆想出的闪闪发光的金山纯属子虚乌有。我气急败坏，骂他虚伪骗人、装大尾巴狼。胖虎瞪起一双清澈的小眼睛说："我不偷不抢不借，花光自己劳动所得给你买东西，哪里骗你了？你说给一万个人听，一万个人都会说这就是爱。"奈何木已成舟，说什么都晚了。我带着一身行走的家当去告诉闺密我的婚讯，看到闺密上下打量艳羡的目光，我说："所见即所有。"她笑："可不就是你的吗？"我露出一言难尽的表情："我的意思是都在这儿了。"

不知是不是先前用力过猛，一时刹不住车，婚后三个月不到，胖虎又将一支万宝龙的钢笔递到我跟前。我摸着笔套上光泽深邃的蓝宝石，欣喜之余，心态却有了微妙的变化。我说："胖虎呀，现在我们已经结婚了，你老买这些贵重的东西我跟着心疼，买点儿便宜的表表心意就好，还是生活费多交一点儿，你说呢？"胖虎点头。

于是，两周后的生日我收到了一件GAP的白毛衣，我欢欢喜喜地接过来连声说："这就好，这就好，物美价廉。"我第二天穿了一天，到晚上毛衣袖子上、下摆处满是绒球。我叹了口气，把毛衣叠好放至橱顶，有些怀念从前的时光。胖虎问："毛衣你怎么不穿了呢，不喜欢吗？"我说："礼物什么的以后就免了吧，都是一家人了，不讲究这些。"

本来胖虎的"喂养"计划就算到此为止了，既然已经娶到我也算大功告成了，可事情后来的发展却有点儿让我始料不及。不送礼物之后，胖虎的嘴巴开始变甜了，不但吵架后"对不起"说得勤，一向言简意赅的他竟然也开始说一些有的没的了。有一天我实在忍不住了，表达出我的困惑，胖虎悠悠道出原因："我妈说的，要给糖，不给糖娶不到老婆。娶到了也要给，不然老婆会跑。不管虚的还是实的，都要给。"我叹了一口气："你们一家子还真都是追求真理的人才。"

大概是发现说话没有成本，胖虎口头的糖也越给越贵重了，都是许些宏伟愿景什么的。我顾及他的自尊心一般都随他去，反正听听又不费耳朵。一次我正在铺床，胖虎说："你知道吗？我们公司现在市值三个亿，我手上的期权起码值两千万。"我忍无可忍，抄起枕头丢过去，胖虎这才有所收敛。有时他实在词穷了，就贱兮兮地凑过来说一句："说真的，我命里绝对旺你……"

　　这天晚上快睡觉时觉得肚子饿，我抓了一袋面包坐在床上吃。胖虎脸对着电脑说："妞，我刚买了一张彩票，最高奖金是一个亿。如果中了，我就带你去纽约第五大道买东西，想买什么买什么。"我舍不得丢面包，只好幽幽地说："胖虎，你又给我灌迷魂汤。"胖虎突然跳过来在我脸上亲了一口，说了句文采飞扬的话："迷魂汤涂面包，甜吗？"

二　单手五秒解文胸

　　和胖虎交往一段时间后，我们也不可避免地落入了男女关系的窠臼，很快上了一垒、二垒，直到完成全垒打。总体来说胖虎的表现符合我的预期，正如一个年轻健壮且经验不足的男子所应该表现出的那样：青涩、鲁莽、笨拙。唯独有一个细节令我不解：胖虎居然能用一只手轻轻松松地解开文胸搭扣，动作精准、娴熟、干净利落。这引起了我的警觉，毕竟我俩是正正经经地恋爱，按目前的趋势很有可能是要睡一辈子的，事关终生幸福，大意不得。

　　我初步判断是巧合，接着为了证实猜想，我很频繁地引诱了胖虎几次，弄得他受宠若惊，努力表现。结果证明，不管是在床上、地板上，还是在浴室里，不管光线是明亮、昏暗，还是漆黑，也不管是哪个角度，胖虎都能单手摸过去，确认位置无误后，用四根手指灵巧地分别夹住搭扣两端微微用力，五秒钟内解开扣子，简直行云流水、一气呵成。他这个动作的水准之高，以至于掺杂在其他一系列笨手笨脚的动作中显得如此突兀又卓尔不群。

真是令人费解，我承认作为计算机科学的硕士因为长期击打键盘，手指比身体其他部位确实要灵活一些，但灵巧到这种程度，没有大量的实践是无法做到的，要知道我自己穿脱这么多年都很难做到。

琢磨两天后，我得出了如下两个结论：第一是胖虎虽看起来敦厚老实，实则阅人无数，是个老江湖，在我面前只是伪装纯情，但百密终有一疏，解文胸的动作暴露了他的经验值。第二是胖虎有过若干女友但都在解完文胸后，关系戛然而止，所以他的操练到此为止。如果是这样，那关系突然齐刷刷结束在解文胸这条分水岭的原因又是什么呢？

我摇摇头，两个结论都令人沮丧，但为了我的终生幸福，一定要弄个水落石出。既然都和前女友们有关，不如就从这条线入手，先审一审当事人。不过这种事不能单刀直入，得旁敲侧击。

一次看完《初恋这件小事》，我顺势问他："胖虎，我是你的初恋吗？"

"不是。"

很好，还算老实，我继续问道："那你以前有过几个女朋友呢？你别担心，我不介意的，男生经历丰富是好事，我只是好奇。"说完，我紧紧地盯着他的眼睛，如果他回答时眼神闪烁必定有诈。

"一个。"

我心里冷笑："也像我们这么亲密吗？"

"没有，只是牵牵手。"

"那……"我一咬牙，"一夜情呢？"

胖虎转过脸很困惑地看着我，一副对一夜情疑惑不解的样子。

算了，他连说谎时都能做到眼神清澈见底，看来我是遇到高手了。此时不宜多问，再问就显得我久经沙场了。你不说没关系，办法有的是。审问不成就试探，只要露了蛛丝马迹，就不怕你不招。

　　两日后，我用好友的手机给胖虎发了一条贱兮兮的短信："最近还好吗？想你了。"结果短信石沉大海，杳无回音。又一天早上趁胖虎还在熟睡，我伏在他耳边轻声说："我看过你的手机啦。"胖虎嘟囔一声："帮我充下电。"说完，他翻了个身继续睡。恋爱真是可以改变一个人的，那段时间原本端庄娴静的我变得疑神疑鬼，而胖虎的防守始终固若金汤。

　　一天晚上，我接到胖虎的同学的电话说胖虎在聚会上喝多了，让我下楼去接，我跑下楼只见远处有两个人刚下出租车，胖虎被同学架着胳膊跟跟跄跄走过来。真是天赐良机，我兴奋地一路小跑过去一把扶住他："你以前有过几个女朋友？"

　　"一个。"

　　"交往到什么程度？"

　　"牵牵手。"

　　"一夜情呢？"胖虎醉眼蒙眬地看着我，突然吐了我一身。

　　我彻底抓狂，对胖虎的态度冷淡了不少。每次亲热，当他技艺精湛地解完文胸扣时，我的眼前就浮现出一堆穿着各式各样、五颜六色文胸的女孩，文胸扣依次被单手解开，一直到我跟前，满腔热情便跟着灰飞烟灭。胖虎察觉到我的情绪变化，但估计打死他也想不到是什么原因。

　　我对他的感情因为这么一桩隐秘的小事而心存芥蒂，又在苦苦找不到突破口后变得岌岌可危，就在这时，事情突然出现转机。那天我们和好友及其新交的男朋友一起吃饭，吃完饭回去的路上我忍不住念了一句："感觉她对男朋友有点儿淡呢，按理说正是热恋的时候。"

平时很少对这类问题进行评价的胖虎突然开口："那个男生有点儿幼稚，那个女生更喜欢成熟点儿的男生。"

晴空中划过一道闪电，直觉告诉我此处有解，我装作不经意地说："没办法，年轻就是单纯，除非……多经历几个女孩，经验多了自然就成熟了。"

胖虎摇头："也不一定，男生只要掌握一些技能，再表现得沉稳点儿，就能看起来从容、老练。"

"怎么掌握呢，恋爱的事又没有教科书。"

"可以自己练嘛。"

我几乎脱口而出："所以你去练单手解文胸扣？"

胖虎有些惊愕地看着我，脸上开始泛红，渐渐连耳朵都红了，他讪讪地说："你怎么知道的？是不是练得不够好？"

我们当时在地铁里，我四下看看，稳了稳情绪，压低声音说道："你从哪儿搞来的文胸呢，被人看到不是很尴尬？"

"我都是寒暑假回家，从我妈那儿偷来练的。说真的，是不是不够好？我觉得手速还有提升的空间，主要是你老动来动去。"

我脑子里瞬间浮现出胖虎头系红带，闭眼埋头解扣的景象，心里快要笑炸了。

"不不不，我觉得非常完美。话说，你的撩妹方式还真是剑走偏锋呢，小看你了。"

胖虎哪知我连日来的焦虑和疑惑，答案揭晓时我的心潮起伏他也是毫不知情的，一味憨笑。不过，我此时看他，顺眼多了。

当晚我躺在床上无比轻松，内心祥和得仿佛能隔着天花板看见静谧辽阔的星空，迷迷糊糊朝星空飞去时却听见胖虎在一旁弱弱地说："你也别把我想得太简单了，其实一夜情我懂。"我屏住呼吸静等下文。

"大三时有一回上实验课，我磨玻璃的时候不小心把手划了道口子，就去了医务室。当时有个医学院的女孩在那儿实习，白白的，个头很娇小，腰特别细。我当时不知怎么的就胆子很大，趁医生去拿药的时候跟她说要是没有事晚上一起吃饭吧。她想了几秒，头一点。本来我也没有想要怎么样，吃完饭回学校的路上经过一家酒店，我就不知道怎么的停住了，然后看看她，我觉得她也没有反对的意思，我们就一起走了进去。"

"然后不知怎么的她就成了你练习解文胸扣的实践对象是吗？"

胖虎摇头："差一点儿。你听我说，进房间后她主动脱衣服，脱了外套，接下来脱了衬衫，这时候我看到她穿的不是文胸，是一种把身体全都裹住的内衣，后面起码有二十多个扣子。我从没见过那种东西，当时就愣住了，犹豫再三还是觉得凭我当时的能力搞不定，中途卡住的话会很狼狈，所以就算了，我跟那女孩说我们还是回去吧，她看起来很生气。对了，那到底是什么衣服？"

"胖虎。"

"嗯？"他的眼睛虽小但依然澄澈，而这个匪夷所思的一夜情（未遂）故事从他嘴里说出来是那么真实可信，我感到一种深深的无力感，千言万语都化作了一句："我觉得你是猴子派来整我的。"

三　爱我你就别穿它们 ☁

　　去年夏天搬家的时候，我提出要换一个大点儿的衣橱，理由是天热了很多被子、被单需要收纳。胖虎没有反对，陪着我去选了一套原木色的四门衣橱，宽敞得能装下一匹马。

　　隔天，胖虎看到我正把密封好的被子放到床底下，他不解："为什么不放进衣橱？"我装作忘记买衣橱的目的回答他："衣橱当然是用来装衣服的。""没问题的，衣橱够大，放在床下多不方便，我帮……"说着，胖虎拉开橱门，我没来得及拦住他，只见他站在衣橱前上上下下扫视着，咽下了后面半句话。呈现在胖虎眼前的是我装了整整八个大纸箱搬过来的，挂着的、摞着的，挤挤挨挨、欢聚一堂的衣服，衣橱的空间已所剩无几。想来这是婚后第一次他对我衣服的数量有了感性的认识。

　　拥有很多衣服并没有错，但此刻我却有点儿底气不足，大脑飞快运转着，赶在胖虎开口前利用他知识的盲点辩解道："我家不像你们那儿，一年到头一身夏装就够了，我们是四季分明的，所以要准备春夏秋冬四季衣服。这里面有好多都是从家里带来的，这件还是我高中时候穿过的。"

胖虎翻了翻那件衣服："怎么还带着吊牌？"

我也像刚发现似的："是哦，穿了这么久居然没有发现吊牌还挂着。"

关上橱门，胖虎仍不忘感慨一句："我这辈子都没见过这么多衣服。"

我当然理解他的困惑和震惊，他对衣服功能的认知还停留在遮羞和御寒的原始阶段，怎么可能懂得它们被我用来满足虚荣心、攀比心、公主心，以及填补空虚、排遣忧伤，表达喜悦的复杂的高级情感？衣服于女人，就如铠甲于战士、皇冠于国王，这么想着我便又理直气壮了。

谁也没把这个小插曲放在心上，直到有一天晚上胖虎洗完澡问我："妞，我的内衣在哪里？"

我在客厅远远地对他喊话："打开衣橱左侧第一个门，从上往下数第三个格子里。不要碰其他的门。"

过了一小会儿，胖虎的声音又从卧室飘来："T恤和裤子在哪里？"

"也在那个格子里，你在靠里的一摞里找找。"

"找到了，袜子呢？"

"都在那个格子里。"

结束对话后，我想起前几天读过的一篇关于婚姻的文章，大意是说夫妻之间产生裂痕的根源是各种差距导致的心理不平衡，比如身份地位、收入、学历的悬殊等。我心里琢磨，当胖虎每天在那个唯一属于他的格子里翻找数得过来的几件衣服时，而一板之隔就是我的衣服森林，他会是什么样的心情？难免会觉得委屈、不公吧。他也许会寻找别的方式填补沟壑，比如当他想买游戏装备或者想换高性能电脑时就有了充足的理由。再者，如果这件事被胖虎透露给了婆婆，我的持家和理财能力难免会遭到质疑。这么想着，我的心里越发惴惴起来，经营两个人的关系最好是防患于未然，等有了罅隙再来修补不但费劲且难以圆满如初。

我得做点儿什么，最简单的先从减少衣服数量上的差距开始。于是我把不喜欢的、过时的、不合身的衣服挑拣出来。胖虎回来看见沙发上的三摞衣服问："这是什么？"

"不会再穿的衣服，一摞扔了，一摞捐了，一摞在网上卖掉。"

"哦。"那天晚上胖虎一直有点儿坐立不安，临睡时终于忍不住问我，"你就这么对待穿过的衣服？"

"对呀，有什么不可以？"

"你就这么喜新厌旧？"

"旧的不去，新的不来。"

"有一天你会不会把我也像旧衣服一样扔掉？"

我在黑暗中鄙夷地看了胖虎一眼："只听说过'女人如衣服'，你怎么跟个怨妇似的？"与此同时我想起胖虎似乎从不舍得丢掉各种旧物，这是他原生家庭的传统，从他老家堆满旧物的房间就能看出，他小时候睡过的摇篮还在墙角放着。胖虎念旧，同时物质观念寡淡，因此他对围绕在自己身边的有限的物件充满感情。我不想大半夜去挑战他的价值观，便缓和了语气哄他："好好，留一件你喜欢的作纪念好不好，就留那条印满樱桃的裙子吧？"

减少我的衣服的同时按理说还得增加胖虎的衣服，可是这个做法早早就被证明是徒劳。以前我也很爱给他买衣服，可是无论买多少他只认着两件穿，没得换时还会催着我赶紧洗，以保证他两天一换的频率。以至于我只好买上好几件一模一样的，让他傻傻分不清楚。

　　此种情形下追求数量上的接近实在很为难我自己，胖虎早晚都应该接受一个事实——那就是女人，尤其是他老婆拥有很多衣服是天经地义的。于是，我把他拉到家附近最豪华的购物中心，让他见识一下女人的王国，免得再对我那一柜子衣服大惊小怪。

　　我对他说："冰心曾经说过，'如果这个世界上没有了女人，那就会失去百分之七十的真，百分之八十的善和百分之九十的美'。分量最重的就是美，所以美是女人的责任。这是社会共识，这就是从一楼往上好几层都是女人的化妆品、首饰、鞋子、衣服，而男人的所有东西只占一层就够了的原因。"

　　胖虎看着两边绵延铺陈不见尽头的品牌店，露出惊恐的表情："这些我们都要逛吗？女人好可怕。"

　　我说："当然，给你一个深度了解我的机会。"

　　说完，我一把将胖虎推进盘丝洞，几个训练有素的服务员看到猎物立刻上来将胖虎团团围住：

　　"先生好体贴，陪太太逛街。"

　　"先生今天想给太太买什么款式？"

　　"这条裙子是我们的当季限量款，喜欢可以让太太试试。"

　　胖虎从没见过这阵势，求助似的看着我："不是你买衣服吗，她们为什么对我这么热情？"

　　"因为你是金主嘛。"

“我想回家。”

“那你有什么感想？”

“我现在完全分不清东南西北。”

“还有呢？”

“男人应该花钱打扮老婆。”

我欣慰地拍拍胖虎，夸奖他：“正中靶心，我就是你最大的奢侈品。”

这之后很长一段时间我们在穿衣这件事上维持着美妙的平衡，两人达成共识：我要华美动人，而他至朴至简。不过随着长期的耳濡目染，胖虎关于穿着的意识竟也慢慢开启了。

有一天他回来后闷闷不乐，对我说：“你能别再给我买一模一样的衣服了吗？我同事今天问我是不是从来不换衣服，还过来闻了闻。”

我不慌不忙地说：“你发现没有，乔布斯在苹果所有新产品发布会上都穿着相同的黑色高领衫？因为他每年去伯恩哈德的公司买两打一模一样的高领衫，然后在接下来的每一天都穿这个，这就是一个领袖坚持自我风格的做法。”趁着胖虎沉浸在和乔布斯比肩的美妙错觉里，我满意地转身离开了。

又一天，胖虎颠颠地跑回来在自己的格子里一阵翻。

我问他：“你找什么呢？”

胖虎回头问我：“我有贵一点儿的衣服吗？休面点儿、正式点儿的那种，明天我要见投资人。”

我心里很清楚真相，但还是过去帮忙在一堆优衣库的衣服中间认真翻找：“咦，哪儿去了？胖虎，其实我真心建议你就穿平常的衣服去，别人会认为你是一个心无旁骛、专心搞算法的员工，朴素的衣着恰好能反衬出你的才华。"

"是吗？"胖虎将信将疑。

"是的。"我笃定地点点头。

第二天觉得对不住胖虎的我立刻去商场给他采购了几件像样的衣服，并且慷慨让渡了衣橱一部分的使用权，将几件衬衫悬在我的衣服旁边。几天后我却发现胖虎把它们叠一叠都放进了自己的格子里。我问他："为什么，是不是有情绪呀？"胖虎说："没有，只是觉得那里才是它们的家。"

我没有再坚持，请他吃了一顿烤肉算作补偿。再后来，我俩又一次形成默契。每当胖虎公司有活动或者陪我出去便会穿上他最好的衣服撑一撑场面，而当我们回婆婆家，我就换上最旧的衣服以巩固我在婆家的名声。所以不要轻易相信一对夫妻在人前的样子，因为他们永远都在说真实的谎言。

又到了换季的时候，家里铺天盖地地堆满了衣服，胖虎懒洋洋地躺在铺满漂亮裙子的床上，我一边收拾一边问他："你知道男人说的最短的情话是什么吗？"

"是什么？"

"一个字，买。所以你爱我应该怎么样？"

胖虎晃晃大脑袋说："爱你就给你买很多衣服。"

我满意地点点头，这时只见胖虎的小眼睛里突然闪着狡黠的光，他越过半米高的衣服堆盯着我反问："那你知道爱我应该怎么样吗？"

这回轮到我困惑地看着他了。

"爱我你就别穿它们。"

四　食爱而肥

胖虎以前不叫胖虎，我刚遇到他时他还是一个谦逊自律、时常担心找不到老婆因而从不敢对外形掉以轻心的青年。据他自己回忆，那时他每天只吃两顿饭，每晚做六十个俯卧撑，一上光学实验课就痴迷地看着玻璃，导师以为终于遇到献身科学的人才，其实他只是一边磨玻璃一边对着玻璃练习眼神，以保持在女生面前的雄性魅力。难怪恋爱时不论我何时与他目光相碰，始终能看见一双深邃多情的小眼睛呢。

起初胖虎衣着合身到不留丝毫余地，稍稍感觉紧绷就自虐似的狂举哑铃。有一回我只是很随意地说了句"你最近好像胖了，不过也许是穿了羽绒服的缘故"，胖虎居然郁郁寡欢地待在角落，一天不吃不喝，自尊心强烈到了这等地步。我不得不感慨男人在求偶时表现出的自我控制力真真令人感动。后来听到胖虎的朋友们说我太好搞定，我觉得此话实在有欠公允，因为婚前婚后他根本就不是同一个人嘛。

关于胖虎婚后是如何胖起来的，我目睹了全过程。我们刚领完证走出民政局的瞬间，我就感觉到胖虎整个人松垮了下来，不但看我的时候头一回眼神没有聚焦，并且脸上原本紧成一团的肌肉也开始不受控制地变得松软无力，那状态就像是一名刚刚越过终点线的马拉松选手。伴着胖虎的意志一起涣散的还有他身上的肉，三个月的时间里轻松长了十斤。

其实婚后变胖的男人不在少数，有了妻子的悉心照顾，生活规律是一方面，但更重要的原因是心态上的变化。原本竭尽全力讨对方欢心，步步紧跟生怕弄丢的猎物如今在厨房钻进钻出给自己烹饪美食，并且未来的每一天都将如此，这种幸福的热量之高恐怕没有几个新婚男人能够消化。一个例子是有个朋友结婚后的第一年是和妻子两地分居的，尽管如此他在饮食结构完全没有改变的前提下妥妥地胖了十五斤，可见精神作用的力量之大。我想，胖虎追幸福追得辛苦，终于大功告成放松一下也是情理之中的，所以什么也没说，默默地替他买了大一号的衣服。

婚后没多久，长辈们纷纷开始或明示或暗示我们进入下一个主题。

胖虎问我："怎么办？我不想那么快结束自由自在的生活。"

我说："那就说我们正在备孕，这个时间可长可短，弹性很大。"

"备孕需要做什么？"

"也没什么，就是吃点儿好的，保证营养全面。"

胖虎欣然允诺，结果过了三个月，孕没怀上，他又胖了十斤。

过年回到婆婆家，婆婆为了祝福我们美满，特意把她和阿爸的婚床从老家搬过来给我们睡。我和胖虎睡上去压得床吱吱响，我胆战心惊地问："这床结实吗？"胖虎说："没问题，这床是我妈的嫁妆，我外公找了全市最好的木匠用桐木打出来的。从阳台用绳子吊到三楼时绳子断了，床板摔到地上一点儿事都没有。"

听他这么说我便放心睡了，结果到了半夜胖虎翻身没翻过去，于是又翻回来，只听轰的一声巨响，床塌了。胖虎沿着倾斜的床板滚到了地上，而我正好滚到他身上，软乎乎的倒是一点儿也不疼。

婆婆应声赶过来，十分痛惜："这床我和你爸睡了二十年呢，怎么说塌就塌了？"这时她抬头看到了并排站在一起的胖虎和我，似乎明白了原委，摆摆手说，"没事没事，下次妈给你们重新打一张，用坡垒木，更结实。"

这件事使我深受震动，胖是会相互传染的，长期以胖虎为参照物的我一直觉得自己很苗条，其实已经在不知不觉中膀大腰圆了，难怪最近我俩同时待在一个屋子里时总觉得堵得慌。既然意识到了，就不能继续放任，再吃饭时我只给自己盛了半碗，然后拉拉胖虎的袖子说："少吃点儿。"岂料婆婆往我俩一人碗里按进一大块烤乳猪肉："减什么肥，妈不嫌弃你们。"

临走前婆婆装了满满两箱食物坚持让我们带走，并且一再给胖虎洗脑说他不胖。我只得在飞机上暗示他："你不觉得坐在这里好挤？"谁知他会错意，抛来一个心有灵犀的眼神："我懂，等我赚够了钱就带你坐头等舱，宽敞。"我点点头，觉得他这样理解也蛮好，就没再说什么。

回北京后不久，我和胖虎的工作都忙得不可开交，妈妈怕我们家庭、事业难以兼顾，亲自飞过来料理我们的一日三餐。每天看着虎头虎脑的胖虎，妈妈自然是喜欢得不得了，再加上她的传统观念里一直把女婿视作娇客，于是使尽浑身解数，变着花样做饭，每餐三菜一汤，一个星期不重样。

结果有天晚上胖虎坐在床上一动不动，我问他怎么了，他瓮声瓮气地说："感觉很累，我的身高已经支撑不了我的体重了。""你意识到就好，我们一起制订一个减肥计划。"胖虎说："我已经有计划了，给妈买一张明天回去的机票。"

我妈走了，肥肉却留在了胖虎身上，至此他已经成为一个十个人看见十个人都会觉得胖的名副其实的胖子，衣服也从L号升至XXL号。而当事人此时却处于知道自己胖却很抗拒这个事实的阶段，因此异常敏感、脆弱，听不得半句关于胖、肥、体重之类的话。朋友们以前见到他都以"你又胖了"作为开场白，随着事实像印证预言一般越来越明显，他们开始默不作声。现在房间里有两头粉红色大象，一头是我们装作看不见的，另一头是胖虎。

肥胖的副作用也渐渐显现出来，身材的横向发展导致比例失调，买回来的裤子不得不去改裤长。有天我们去裁缝那儿，我把裤子和写着尺寸的纸条递给他，裁缝看看字条，又转身拿出卷尺仔细量了量裤子，招呼我过去说："臀围103，裤长才92，你是不是量错了？"

我示意他小声一点儿，压低声音说："没错，你就按这个尺寸改。"

裁缝还不作罢："裁下来的裤腿还要吗？长度够我改成一对护袖了。"

我狠狠地朝他翻了个白眼："给我留着，有用。"

等在门口的胖虎警觉地嚷嚷起来："你们说什么呢？"

我回头冲他笑笑："我让师傅快点儿改，等着穿呢。"

晚上胖虎去洗澡，我徘徊在浴室门口犹豫着要不要把他臀围远远超出腿长的事实告诉他，思索再三终于心一横，是时候让胖虎面对残酷的现实了，只是怎样措辞才不会伤害到他超强的自尊心呢？正苦恼着，只听浴室里传出一声哀号，我问："怎么了？"里面传出胖虎惊恐的声音："我的脚不见了，已经完全被肚子遮住了！太恐怖了！我太胖啦！我要减肥！"我松了一口气，最后关头胖虎终于醒了。

第二天我就拉着胖虎去家附近的大学里的操场跑步，离操场还有两百米时胖虎说："我肚子有点儿不舒服。"又往前走了几步，他叫唤："我头，头疼。"

"别装了，你还想不想变瘦？"

胖虎说："当然想，可这真的是我的生理反应。"

我怒其不争地看着他："胖虎，你以前对自己要求多严格呀，现在怎么堕落成这样了？"

"以前也没有这么多人给我做好吃的，你们一群女人哄我吃，把我喂肥了又嫌弃我，这不公平。"他还挺委屈，"妞，除了运动，还有别的方法可以减肥吗？"

"有，少吃。"

"那你陪我一起好吗，我看着你吃受不了。"

晚上我们饿着肚子，躺在床上有气无力地呻吟。

胖虎说："我觉得身体的某个部分已经死了。"

我急忙坐起来："它又不用吃饭，怎么就死了呢？它不能死，我去给你煮碗面。"

胖虎拿眼睛斜我："肤浅！我是说我的胃，刚才抽搐了一阵，现在已经没有知觉了。"

我放心地重新躺下来："这很正常，麻木了就感觉不到饿了。"

挨到半夜十二点，我们气若游丝却饿得睡不着，我被饿神附体，失去理智地说了句："麦当劳这个点还有外送服务吗？"胖虎瞬间意志崩溃，跳起来打电话。那晚的节食计划最终以我吃了一盒麦乐鸡，他吃了一个巨无霸、一包大薯条和一个巧克力新地收场。后来怎么样？后来大概饿得厉害导致身体疯狂吸收，胖虎第二天起来不但一点儿没轻反而又重了两斤。他看见体重器上的数字后惊慌地转头看我，我赶紧闭上眼睛开始打鼾，心里做好了和一个胖子永远生活下去的准备。

五　婚姻中修炼的心机

如果五年前的我知道今天会写下这么一篇文章，探讨关于驭夫术的话题，一定非常瞧不上未来的自己。那时的她是个彻头彻尾的浪漫主义者，呼吸着爱情，吟诵着爱情，爱情等同于一切美好的事物，她不会容许任何技巧或是手段玷污这份纯粹。不知道是否每个女孩都会经历这个阶段，但二十出头时的我的确是生活在对爱情的幻想中的。直到历经岁月和婚姻，爱情从一个梦幻如云的概念落实到一件件微如尘埃的琐事上，我才领悟到所谓技巧与爱无关，它其实是一种与生活斡旋的智慧，一种与不断侵蚀情感的岁月博弈的姿态，更是一门把婚姻这棵枝丫芜杂的大树修剪成理想形状的艺术。

婚后第一年的磨合始料不及地惨烈，并且因为缺乏经验，我应对矛盾时出于本能的做法低效而拙劣。

几个回合下来，说教、哭闹、出走纷纷宣告失败，而胖虎毫发无损。伴侣之间总是敏感、高需求的那一方比较容易受伤，因为那意味着对方觉得还不错或者已经尽力的时候，后者却不满意，后者不但要忍受生活的大部分状态都处于自己的标准线之下，最后还要背负挑剔的恶名。

很不幸，我正是可悲的这一方。结婚前胖虎始终提着一口气，如履薄冰有求必应，表现还算差强人意。可一结婚，这口气就渐渐涣散了，他之前的紧张感不复存在。就像宫崎骏电影里的狸猫，必须全神贯注才能幻化成人形，稍有松懈便漏洞百出。胖虎嘛，也疏于自我管理了，也懒得遮一遮缺点了，人设好感度迅速下滑。我哪里接受得了这种落差？从生闷气到小吵再到大吵，战争不断升级。

所谓战争，大部分时间更像是我单方面的军事演习，我在地上打滚而胖虎稳如泰山地坐在电脑前的场景时有发生，他依据音量判断我的生气程度，只有超过六十分贝的时候才会转过身淡淡地说一句："妞，别闹了。"似乎我倒成了犯错的那一个。渐渐地，六十分贝也不能引起他的注意了，想让他回头我必须飙到更高音量，于是几次之后我便声嘶力竭了，每回吵架都发出杀鸡般的声音。

还有，扑地也慢慢成了保留节目，偶尔碰上地板太脏或是穿了新裙子我就得天人交战一番，扑，还是不扑？胖虎听身后没动静了，好奇地扭过头瞥我一眼，眼神像是在问："怎么停下来了，还扑吗？"这一看我更下不了台，只好牙一咬心一横，扑通一声，把我们家苦心教育了我二十多年的淑女风范摔碎一地。

我有一只浪迹天涯小花箱，常年放在阳台上，吵得厉害了我就拿过箱子开始往里面装衣服，起初只要我往箱子瞄一眼胖虎就会阻拦，慢慢地他越来越有耐心，一直等到我装好内衣、洗漱用品、鞋子、书，全副武装拖着箱子往外走的时候才跑过来拉一把："妞，别走了，我错了。"到后来我看到小花箱就倒胃口，有时只是匆匆往里面扔个枕头或者浴巾就往外走，只等他跳出来拦的那一刻。

时间长了，知道我已黔驴技穷，生性顽劣的胖虎更加肆无忌惮了。我再飙高音时，他则在一旁贱兮兮地说："你叫呀，你叫呀，叫破喉咙也没人理你。"我装箱时，他盯着电脑头也不回："妞，你慢点儿收，我打完这盘就来。"而我拉着他推心置腹长谈想感化他的时候，他就干呕两声："妞，我有点儿想吐。"那段时间，我在他眼里是不可理喻的悍妇，他在我眼里是难以驯养的野兽。

心灰意懒之际，我幽怨地看着他："我们还是敌不过时间，你没有从前在乎我了。"

胖虎不解："你是我老婆，我不在乎你，在乎谁？"

"你就别骗我了，以前我生气你是怎么哄我的，现在又是怎么敷衍我的？"

胖虎眨眨小眼睛："那是熟悉你生气的流程后我做了优化，调动最少的资源达到一样的效果。"

我没好气地揶揄他："你这么能优化就别犯错呀。"

胖虎一本正经地说道："再牛的软件也是需要测试的，因为人脑会有逻辑漏洞。"

"我看你就是个大漏洞，睡觉。"

黑暗中我咀嚼着这番对话，再次意识到胖虎是另一种叫作理工男的生物，我喋喋不休地对他诉说我的感受试图引起共情，这无异于对牛弹琴。一哭二闹三出走的方法不但收效甚微，还有失体面，毕竟吵闹不是目的。那目的是什么？不就是让胖虎改变吗？这么一想，我顿时豁然开朗，暗自庆幸理智没在战火中全军覆灭。

隔天我先是打电话给婆婆拉家常，明里暗里刺探她管教胖虎的方法，接着去买了一堆有关两性的书仔细研读，糅合各种对男人的心理分析，专门为胖虎量身定制了一套驭夫术，在他浑然不觉中开始了驯养计划。

这天胖虎下班回来像往常一样一路走一路乱扔衣服，外套一半落在沙发一半垂向地板，袜子飞上餐桌。然后他骤然停住，把牛仔裤褪到脚踝，直接从里面跨了出去，堆叠的牛仔裤如同一个被抛弃的壳，在原地凄凉地保持着半站立的姿态。

这次我没追着他念，而是默默地，一件一件把衣服捡起来，该挂的挂，该洗的洗。胖虎见此举动，奇怪地瞄了我一眼。接着第二天、第三天依然是他一路扔我一路捡。到了第四天胖虎沉不住气了，主动问："妞，你怎么不说我了？"我温柔地冲他一笑："没事。"第五天、第六天胖虎狐疑更深地看着我，我依然冲他温柔地笑笑，收拾好衣服。终于到了第七天，胖虎刚进门就把脱下的外套挂上衣架，转脸对我说："妞，你笑得我心里发毛。"

成效初现后，我开始有条不紊地进行下一步，苦练厨艺取悦胖虎的胃。用美食引诱男人就如同用美色一样，是放之四海而皆准的道理。煎炸炖煮，甜酸咸辣的一顿顿吃下来，胖虎迷恋上了我做的饭菜，每回汤足饭饱后都变得格外乖巧，平时不爱干的活儿比如去物业报修，买电，倒垃圾，刷碗，被喂饱后都干得十分欢腾。他当然不会知道修炼厨艺对我而言正如磨砺兵器，每回一边挥刀切菜一边看着胖虎如待宰的羔羊般天真欢愉，我心头就充满了邪恶的满足感。

有一天胖虎突然颠颠地跑过来说："我告诉你一件事，不过你得先答应别生气。"

"好，我不生气。"

胖虎一脸恶作剧的表情："我觉得你的牙刷毛比较软，所以……我一直在用你的牙刷。"

我一阵恶心，气得踹他。

胖虎反倒觉得委屈了："不是说好不生气的吗？而且我都不嫌你，你却嫌我，这不公平。"

我一个晚上没有理他。

第二天胖虎回来，见我炖了一盅香气扑鼻的鸽子汤，眯着小眼睛说："妞，我就知道你会原谅我的。"我仍然不理他，坐下来当着他的面一口一口把汤喝了个底儿朝天，肉也吃得一干二净。看得胖虎都淌出口水了，他一忍再忍，可在美食面前自尊心还是输了，终于低头认错保证永不再犯。我冲他打了一个响亮的，意味着胜利的饱嗝。

尽管在不着痕迹的驯养计划下胖虎日渐乖巧，但我还是得做回温柔贤妻，但野性未泯的他仍时时做出出格的举动来挑战我的底线和应变能力。这天胖虎和一群朋友疯玩游戏到凌晨三点，我听到敲门声时告诫自己一定要冷静，要讲策略，直忍得骨头咔咔作响。我平静地打开门，装作若无其事地回去接着睡觉，整夜大脑都在飞速运转。

隔天晚上我递给胖虎一张卡，和颜悦色地说道："胖虎，你最近工作挺辛苦的，我想送你件礼物，我在你爱去的那家网吧办了一张100小时的卡，而且最近搞活动，买100送100，整整200个小时，不过必须在一个月内用完哦。"

胖虎受宠若惊地接过卡，高兴得两只眼睛眯成了一条缝："我一定用完，妞，你对我真是太好了！"

五天后。

胖虎挂着两个大大的黑眼圈在门外求饶："妞，你就让我进去吧，我实在玩不动了。"

我柔声劝他："坚持住呀胖虎，这么多时间，浪费了多可惜？"

胖虎带着哭腔，声音更加凄迷了："妞，我想回家，求你让我回家，我再也不想玩了，明天我就把卡转给朋友。"

我打开房门，给了胖虎一个热情的拥抱，像迎接一只迷途的小兽归来。

就在一路高歌猛进、屡屡得逞时，我一得意差点儿忘记胖虎的智商也是不容小觑的。这晚临睡前，他若有所思地说："我有种奇怪的感觉，你最近好像对我很好，但好像又在欺负我。"

我装无辜："人家全心全意地照顾你，你怎么不知好歹，说呀，我哪件事欺负你了？"

胖虎努力思索了片刻，摇摇头："想不起具体是哪件事，但我有一种被欺负的感觉。你是不是对我做了什么？"

我背过身佯装睡觉，暗想看来这驭夫也像练武功一样，分境界的，等什么时候练得无招胜有招，驭夫于无形，就算成了。胖虎，山高水长，咱们慢慢练。

六　红炖少女情怀

　　一个寻常的周六晚上，我和胖虎吃完晚饭靠在桌边聊天。说话间他频频看了我几眼，我问怎么了，他说没什么，我也就没太在意，毕竟兴致还在刚才的话题上。可是等天聊完一静下来，我越发觉得刚刚他看我的眼神不对劲。并不是我神经质，而是胖虎向来粗枝大叶，一个平时连我烫了头发、抹了迪奥传奇红都视而不见的直男，会因为什么而特意看我呢？

　　那个眼神……有点儿像我们看到哪个一不小心擦掉半截眉毛的女孩，或是某个忘记拉上裤子拉链的店员时的感觉，为了避免自己和对方尴尬，装作不去注意一件已经注意到的事情。

　　什么事呢？我慢慢倒回当时的情境，他似乎说了件公司的趣事，我爽朗地大笑起来，觉得嘴里有些不舒服，就伸进拇指和食指把嵌在牙缝间的肉筋拽了出来，然后……把它放回嘴里吃掉了。我脑中划过一道闪电，第一反应是刚才那个人不是我，做出这种事的人怎么可能是我？本姑娘可是从七岁起就开始看《如何成为一个淑女》之类的书了。

但那又怎么解释胖虎的一瞥，难道是他发现认错人了不成？我沮丧地看他一眼，难掩心中的羞愤。一直自认为少女感十足的我竟会容忍自己堕落到这种地步，何况这些动作是在不假思索中完成的，一定不是初次了，也许早在更久之前就已显露端倪。究竟是从什么时候开始的呢？也许是那次没洗脸就出门买菜，也许是有一回刚要穿高跟鞋一转念换成乐福鞋，又或许是第一次被小商品市场里买一送一的喇叭声吸引过去的瞬间。这一琢磨，我又出了一身冷汗，幸好发现得及时，否则，我离蓬头垢面穿着睡衣去倒垃圾的家庭主妇也不远了。

我委婉地问胖虎："比起刚遇到那会儿，现在的我有什么变化吗？"

"没有。"

"你仔细想想。"

胖虎认真地眨眨小眼睛："变开朗了，开始喜欢闪闪发光的东西，衣服也喜欢颜色鲜艳的。还有，很关心我的工资……"

"我那是关心你的事业。"

"不是的，"胖虎弱弱地辩解道，"上次我跟你说我要开发一个新模块，你在看电视没理我。然后我说我涨工资了，你就特别高兴，跑过来亲了我一口，还说要给我做好吃的。"

我白了他一眼："我还不是为了这个家吗，还有呢？"

"喜欢看男明星，尤其是年轻有肌肉的。"

"好了好了，那有什么地方是没变的呢？"

"还是很喜欢逛街、化妆、买鞋，喜欢吃巧克力还有写诗。"

我暗暗松了一口气，看来自己在胖虎眼中的形象还没到不可挽回的地步，当前最要紧的就是消除身上一切疑似欧巴桑的痕迹。欧巴桑，一个让所有女孩避之不及的词，它是年轻、骄矜、优雅、纯真的对立面，它与美好绝缘。不仅让人联想到体态臃肿、言语粗陋、爱斤斤计较的中年妇女，更意味着一种放弃的姿态，不再期待和坚持，任由自己滑向生活庸碌不堪的一面。

而最令人不安的地方在于，虽然我们抗拒这个词，以及它所包含的信息，但是在一个女孩长大变老的过程中它却犹如一把高悬着的达摩克利斯之剑，稍不留神我们就会做出吓到自己的举动。记得前阵子看黄阿丽的脱口秀，说到她的闺密曾是个从不在人前打嗝的淑女，可在历经七十二小时的难产和紧急剖腹产手术后，竟能对着前来探望的朋友和敞开着的大门掀起裙子大声咒骂，估计所有女孩看到这一段都会心惊肉跳。

所以会有那么多心灵鸡汤教女孩如何内外兼修，捍卫少女的姿态，即便无法阻止时间流逝也要优雅地老去。偶尔出现某个特例以纯情童颜鹤立于同龄人之上，大家便精神振奋，认为自己能够逃脱魔咒的信心也随之增加几分。

第二天我就抹了粉红唇彩、踩上高跟鞋出门，去超市只买虾条、薯片、可乐，不再逛蔬菜生鲜柜台。以往每到下午六点促销员一敲货架，扯开嗓子高喊："三盒十块，三盒十块，各种蔬菜，蘑菇、葱、姜、蒜全都三盒十块……"我就犹如听见冲锋号角，夹在一帮大妈中间跑到菜前翻拣，现在心里痒得长毛了也充耳不闻。回到家拖地、洗衣，依然穿戴整齐，任由污水飞溅到裙摆上。

结果呢？几天下来，除了脚趾磨破、胖虎饿肚子、毁了几条裙子，外加身心疲惫，我感觉不到丝毫改变。现实无情地提醒我，我的生活状态距离少女时代已然十万八千里了。那颗曾装满张爱玲、泰戈尔、王安忆的心如今飞速盘算着家庭的各项开销；那双曾经翻动书页上的阳光、接住初春的落雨的手，已经沾上活鱼、鲜肉的腥气；从前只为自己的美好而活，现在却要维持整个家庭的运转，成百上千次地惦念水电油盐，举手投足都掺进了烟火气。

　　"非要这样不可吗？"我问一个对感情问题颇有见解的朋友。

　　"当然不是，"她回答，"现在的社会这样多元，想活成什么样都光明正大，你可以不结婚、不要孩子，也就不用像主妇一样操劳。你可以自由自在、云游四方，在别的女人辗转在厨房、孩子的家庭战场时，你躺在火奴鲁鲁的海滩上边晒太阳边读毛姆，永远诗情画意，永远如梦如幻……"

　　"打住，打住，我已经结婚了，暂时也没有像毛姆小说中的主人公一样抛弃家庭流落荒岛的打算，就说眼下吧。怎么才能保持婚前的状态？我担心自己身上家庭主妇的味道越来越重。"

　　"婚姻本来就是俗物，少女与少妇之间隔着一道分水岭，基本可以说势不两立。"

　　"世俗和浪漫就不能兼顾吗？"

　　"你这是鱼和熊掌都想要。"

　　"对，都想要。"

　　"据我结婚十五年的经验以及目测，似乎只有明星能做到。"

　　"你再想想。"

　　"嫁入豪门也行。"

“说点儿我用得上的。”

“家务都给老公做，反正阳春水一沾就算完了。”

“不行，胖虎连自己都收拾不利索，别说干家务了。”

“那我送你四个字——接受现实。”

晚上走进房间，看见胖虎正跳上跳下地扑打一只飞蛾，我倚在门框思考女友的话，如果这就是拥有一个家庭必须付出的代价呢？假如身后敞开一扇即刻通向自由的大门，我会选择转身离开吗？恐怕不会，也许我天生成为不了《欲望都市》里萨曼莎式的女子，论及对家庭的理想，我倒是和剧中的夏洛特最为接近。古板也好，传统也罢，并没有其他选择比这个归属更值得我留恋，家庭平凡琐碎，令人烦恼，可是它也温暖踏实，能让人触摸到生命的质感。

我自以为想通了人生真谛，整个人都沉浸在一种神圣超脱的情绪里。不想几天后围着围裙站在锅台前炖牛肉，一想到自己就要在无数次的炖肉中老去，那不甘心便一点点涌上心头，最后我捂住脸嘤嘤哭起来。

胖虎闻声赶来问：“妞，你怎么了？”

我抽噎着说：“你以为我炖的是肉吗？我炖的是我的少女情怀，最美的时光，我把它们加上葱、姜，倒上酱油，全都一锅炖给你了。”

“你放心，我不会辜负的，我一定把肉吃完，汁也不剩。不过你这是怎么了，也不至于为这点儿小事哭吧？”

我便把自己关于欧巴桑的担忧告诉了他。

胖虎说：“我给你讲件事吧，小时候有一回我伯母带我和我哥出去玩，中途遇到一伙人占了我们的地盘，伯母就要上去理论。

我看对方人多，拉住她不让去，伯母一手一个把我和我哥往身后一拨，就像母鸡护住小鸡，大声说'我是中年妇女，我不怕'。当时我就仰脸看着伯母，觉得中年妇女好伟大。"

我说："你不用拿这种故事安慰我，我一定会抽出时间妖娆下去的，像那艺术家草间弥生，还有八十岁的超模卡门。"

"你小心把自己折腾成妖怪，没那么可怕，再说我们男的不也会变成油腻大叔吗？我现在都喝不了冰可乐了，下一步就是保温杯了，谁能永远不变呢。"

我伤感而动情地看着胖虎："不管我是变成妖怪，还是鱼眼珠、直立行走的猪，趁我变身之前，全力以赴爱我一场吧。"

七　在围城里做一对傻瓜 ☁

　　世上真的存在不吵架的夫妻吗？我指的是那种人前人后都沟通顺畅、和睦友爱的不吵。尽管我对这类神仙眷侣的坊间传说时有耳闻，甚至连我妈妈也坚称从未见过外公外婆吵架，我却始终觉得这种过于和平的夫妻关系不真实。相较而言我更相信另一种说法，再恩爱的夫妻，一生中都有一百次想要离婚的念头和五百次想要掐死对方的冲动。婚姻生活就像是把两根火柴头关进一间堆满爆竹的仓库，任何摩擦都可能引发惊人的后果。

　　我和胖虎显然不属于传说之列，自结婚起，该吵的架我们一场都没落下过，一年多的时间里吵得昏天黑地，一天三小架三天一大架，一浪未平息一浪又掀起，最后干脆汇成一场海啸把感情冲得七零八落。要问我们是不是因为没那么相爱，为了结婚而结婚的，答案恰恰相反，我们领证完全是出于感情日渐升温，水到渠成，也许正是因为相爱，两个人才那么较真，那么投入，吵起来不遗余力，句句走心。

说起吵架的原因真是各种各样。没结过婚的人大概永远难以想象哪儿来那么多架好吵，走进围城之前我也这么想，但直到身临其境才深深感慨，围城内外岂止隔了一道墙！

恋爱时很多不以为意的小事都会成为共同生活的困扰，比如胖虎怕热我怕冷，不开空调他热得睡不着，开了我又冷得头痛。比如他喜欢出去吃饭，我喜欢在家做饭。比如我在他眼皮底下穿梭着晾衣、扫地、换被单，忙出花了他都无动于衷，我责备他不体贴，他辩解没看见。再比如一笔存款我想投资他想旅行，他不喜欢我这个朋友我不喜欢他那个家人……如果继续罗列下去，这份吵架清单会长得看不到头。

胖虎身上的恶习尚可通过驯养计划一一改造，可一旦涉及个人喜好或价值观上的分歧就比较棘手了。因为这无关对错，且是经年累月形成的，让哪一方让步都不是易事。恋爱时我们在彼此身上发现了那么多共同点，而结婚后我们发现两个人的不同点也一样多，于是各种矛盾毫无悬念地一一爆发。我和胖虎阅历尚浅，还搞不清两个人一起生活是怎么回事，对婚姻和生活既缺乏智慧也缺乏耐心，曾经在恋爱时让灵魂颤抖的激烈与尖锐现在却成了伤害彼此的利器。

一个隆冬的晚上，我们又发生争执，起因是两个人都打算换工作，但对于谁先谁后难以达成共识。工作上的烦闷以及对未来的不确定使我们心情恶劣，吵到凌晨一点不但没有结束的意思，反而愈发剧烈了。胖虎外套也没穿就夺门而出，当时外面还刮着五六级大风，我想他宁愿走进漆黑严寒也不愿和我待在一起，心里的不舍与心疼都化成悲愤，冲着他的背影吼道："出去了就别再回来！"胖虎竟敢真的一夜不归。

第二天我把我们的共同存款打了一半到他的账户，晚上便和他提出分居，胖虎说他搬出去，当下开始收拾行李。我转身走进房间摔上门，心想走就走，走了清净。

谁知行李刚收一半他理科生的死德行就冒了出来，跑过来敲门，站在门口一脸严肃地说："我可以接受分开，因为和你吵架已经吵得我没法正常工作了，但你知道我的人生中不存在只解了一半就放弃的题目，所以我不能丢下个烂摊子就走，我得把咱俩的矛盾先解决掉。"

我心中窃喜，嘴上却没好气地说道："有这个必要吗？"

胖虎笃定地点点头："有，不然我会怀疑自己的智商。"

"好吧。"我也点点头，我也不想怀疑自己的情商。

接下来胖虎开始用一贯的学术精神钻研我们的婚姻难题。他冲我抛出猜想："你还是你，我还是我，为什么恋爱的时候情投意合，一结婚就处处唱反调呢？"

我朝他翻了个白眼："你追到手了呗。"

胖虎摇头："不对，唯一的变量是结婚，所以错的不是我们，而是婚姻。"

我说："我也觉得婚姻挺不人道的，每天早上我还没来得及照镜子你就在我看见自己之前看见我了，没来得及想念你呢又见面了，说话也没时间斟酌，常常口不择言，本来诗情画意的关系变得匆忙又粗糙。可是共夫共妻犯法，所以你挑剔婚姻制度纯粹徒劳，必须在一夫一妻制的条件下求解。"

胖虎做沉思状："我再研究研究。还有，我提议在问题解决之前，休战。"

不想答案在一周后无心插柳地出现了。那天我看完严歌苓的《扶桑》长吁短叹，胖虎问怎么了，我就给他讲书里的故事情节。末了胖虎问我："你知道为什么坐三个月船只吃番薯，别的女孩都饿死了，扶桑还能长到一百斤吗？你知道为什么别的妓女十八九岁就牙齿、头发掉光光，扶桑到了二十还又白又嫩吗？一个字，傻，傻瓜迟钝，容易满足，所以不知道痛苦。"

我说："以前也常听我奶奶念叨傻人有傻福。"说到这里，我摩挲着书的封面，似乎有所领悟，抬头望向胖虎："也许我们学着傻一点儿就会幸福。"

胖虎点头："有道理。"

"可是，要怎样变傻呢，难不成互相打头？"

"傻瓜一般记性都不好，我们可以先从遗忘开始，我劝你把那小黑本扔掉，然后每次吵架时不要翻旧账，过去的不开心就让它过去。"

说到这里顺便一提，我有一个黑色封面的本子，专门记录每回吵架时伤人的话语，因此上面满是恶毒至极、丧心病狂的句子，比如"你是怎么死的？蠢死的""女人就是女人""你想想看你有什么用？我真后悔当初遇到你"……记录的初衷是警醒双方别再恶语伤人，谁知记完满满一本两人也毫不收敛，反倒是拿起这本子翻一翻还能吵上一架。

我听从胖虎的建议扔了本子，并且在下一场争吵中忍得骨头咔咔作响也没有提一句由当前事件联想到的胖虎的前科。效果立竿见影，不翻旧账后吵架时长从四个小时缩短为一个小时，大大节约了时间。尽管几次下来我感觉自己几乎忍出内伤，不过相比精疲力竭、令人崩溃的马拉松，我还是毅然选择了前者。也许大脑的自我保护机制决定了它偏爱愉悦的回忆，抵触痛苦的回忆，因此当我几次三番不提旧账后竟然真的渐渐忘记了以往的不快，努力追忆也只剩下寥寥数语，这下想翻也没得翻了。

大脑尝到甜头后，愈发得寸进尺，再后来我和胖虎吵着吵着竟然能忘了为什么吵，两人常常要停下来往前捅情节，捅得出来就接上再吵一气，捅不出来就只好草草了事，贪图安逸是人的本性，渐渐我们连四十分钟也撑不到了。更有一次刚开吵，我就直接问胖虎："还过不过了？"胖虎说："过！"我说："那就别吵了，今天有点儿累。"速战速决的效率破了纪录。

当然，忘性大也是有副作用的，有天胖虎说："我们已经吃了一周的炒空心菜和排骨汤了，你难道没发觉？"

我一拍脑门儿说："我给忘了。"

胖虎狐疑地盯着我："你是真的忘了，还是伺机报复？"

我看着他，语重心长地说："胖虎，这就是你的不对了，傻瓜除了忘性大，遇到事情也不计较，所以以后只要无关生死就不要挑剔那么多。"

胖虎心领神会："也是，有的吃就不错了。"

"以后我也不在意你挣多挣少，过不下去了你就骗你爹地我们家被偷了，我可以配合你。"

这段时间里，我接二连三地懂得了"遗忘是一种美德""人生难得糊涂"这些警句的含义，和胖虎相互依偎着在变傻的路上越走越远，变傻的方式也推陈出新。有天早上胖虎走进洗手间，不幸目睹了以下画面：正在如厕的我以一种非常不雅的姿势去捡滚落到地上的卷纸，两秒钟后他突然闭上眼睛摸着墙退回房间，一边大叫："哎呀，妞，我突然什么也看不见了。"

至此，我俩都已经忘记了曾经一度闹到要分手。我们是不是再也没有吵过架？当然不是，我能记住的最后一场架似乎吵得不温不火，而主题恰恰是关于傻瓜的。

那天下着小雨，胖虎骑自行车载我回家，后座上的铁杠硌得我屁股生疼，疼痛使人清醒，我忍不住抱怨道："知道会载我，为什么不装一个坐垫呢？我真是傻，不然怎么会嫁给你？"

胖虎哼哧哼哧踩着车，反驳道："你以为我娶你就不傻吗？你看起来像模像样的，娶回来才知道是这副德行。"

"你还是看了我模样的，我傻到连你的长相、身高都没来得及看。"

胖虎斟酌着词句正要反击，看见红灯，一捏刹车停下来。和我们并排停下的还有左边马路上的一辆银色超跑。里面坐着一对恋人，我看看车里的女孩，驾驶座上的男孩看看胖虎，八目相对之间暗流涌动。变灯后超跑轰的一声没了踪影，我感到胖虎因斗志高昂而紧绷的后背柔软了下来，似乎为了让我靠得舒服，还微微调整了一下角度。他默不作声地骑了一会儿，突然腾出一只手拍拍我："妞，别怕，傻瓜自有傻瓜疼，你信吗？"

我说："我相信。"

然后他又说："我会把全世界都挣给你的。你信不信？"

我说："我相信。"

八　如何从一群单身狗中突围

某日晚上十点半，我的手机收到一条微信："今天怎么还没更新专栏？"

我看了看发来微信的人，一脸惊诧："你居然会关注我的专栏？！"

"当然，而且是被大雨困在荒郊野外的情况下，我在西红门呢。"

发来微信的人名叫小盐，是胖虎的同学、朋友，以及吃鸡战队的队友，以他为首的单身男团更是和胖虎有着千丝万缕的关系，从他们公寓里至今保留着胖虎的铺盖可见一斑。

这个单身男团曾在漫长的岁月里和我争夺胖虎的肉身和心灵，一度闹到不共戴天。不过既然现在胜负已决，对方的善意又被恶劣的天气烘托得如此强烈，我便长长呼出一口气，大气而亲切地回复道："正要更新，注意安全。"至此，我们的梁子算是解了。

这其实是一个胖虎如何从一群单身狗中突围，华丽丽蜕变为已婚男人的故事。（我事先征询了小盐及其团队的意见，这是一个充满幽默感且善于自嘲的团体，因此十分欢迎我形容他们时使用"单身狗"这个词。）但这个词其实也并不准确，因为他们并非时刻单身，而是每隔一段时间就要陪被失恋的成员痛饮一顿，有时碰上光景不好，一天之内几个人接连失恋，那就要抱头痛哭醉到天明了。

昙花朵朵开改变不了注孤的宿命，结果仍是四个单身狗住在一间三室一厅的公寓里，偶尔有谁搬走大家也不去收他的铺盖，因为不出一个月，他一定会搬回来。比起认命或者享受自由的狗们，这些不断抗争又不断被爱情扇耳光的狗儿或许心情更为复杂。一个深夜，小盐趴在电脑前睡着，花花（成员之一，男）路过看到他凄凉的背影，鬼使神差地上前将他的QQ签名改成"很累，感觉自己不会再爱了"。结果，这个签名让最后一个跟小盐有微弱发展可能的女孩也识趣地远离了他。

胖虎作为走出这个单身狗集中营的第一人，自然意义非凡。起初对他的离开小盐并不在意，可是等到树叶变黄、胖虎的被单上落了灰，小盐没等来胖虎，却收到了一张结婚请柬。我猜想小盐等人对于他们中的先驱震惊之余应该充满了好奇，婚宴上他们看我的表情更加证实了这一点。

当时，我和胖虎在各自的家乡办过仪式，回到北京办第三场，到场的都是朋友。我在席间辗转招呼的途中，只见一群灰蒙蒙的理科生挤在门口，互相推搡着不好意思进来，脸上写满对婚礼的朦胧憧憬和不安，而他们看我的眼神翻译过来就是："看哪，这就是胖虎的老婆。她笑了，笑了。""你看，她动了，动了。"

我看看他们，又回头看看大厅，发现我的朋友们的情况也没好多少，事实是我的朋友里十个有九个没有结婚，而胖虎的朋友里十个有十个没有结婚。我们站在一群单身狗和单身喵中间被注视着、议论着、祝福着，第六感告诉我，这段婚姻的外围环境实在不妙，转脸遇到胖虎的目光，后知后觉的他正一脸幸福地憨笑着。

　　不妙的感觉随着墨菲定律应验，很快我便体会到了已婚人士和单身喵的隔阂。已婚人士流露过多幸福太秀，表现得淡漠又太装，再谈各类情感话题时视角观点也有了大大的距离。最可悲的是遇到婚姻上的难题，竟没个过来人能给我点儿有效建议。

　　一只恨嫁的喵无论我如何诉说苦恼甚至哭哭啼啼一律被她总结为大秀恩爱，仿佛只要落定终身就该天天美满幸福，任何烦恼、抱怨都是不知足的表现。另一只青春期来得晚正值中二的喵倒是能认真听进去几句，末了脸上露出梦游般的神情，不知深浅地来一句：“不开心就离婚吧。”而唯一已婚有孩的那位闺密，总是刚说两句便匆匆挂断，忙着打扫自家战场，一片嘟嘟的忙音中，留下我悬如孤岛。

　　再看胖虎那边的情形更加复杂，起初是他被好奇、羡慕的单身狗们热烈簇拥了一阵，不断向他打探婚姻内幕，渐渐狗们失去了新鲜感，也明白哥们儿修成正果并不能改变他们不断被分手的现状，加之胖虎婚后时间、金钱都受约束，狗们察觉到他的不自由，出手也不似之前大方，于是一哄而散。

　　在进入婚姻这件事上，胖虎和我有所不同，或者说是男人和女人有所不同。即便我也需要克服恐惧感、身份过渡期的种种矛盾，但在内心深处我对自己已婚的状态是认同的、积极的。可我的丈夫估计跟我求婚时也不知道婚姻为何物，也许他只是觉得从此有了个稳定的去处，有饭吃、有床睡，除此之外仍保留着单身狗的心理和习性。因此蜜月过后，当胖虎看到结婚带来的种种改变，特别是同伴们弃他而去时，他开始恐慌。

胖虎怀念从前的自由，变着法子欺瞒我，去和单身狗们聚会。他到达据点，兴奋地拍拍小盐的肩膀："是我，我来啦。"谁知，小盐凌厉地一回头："都结婚了干吗拍得人家不要不要的？"他以此与胖虎划清界限，接着一晚上吃鸡玩下来，胖虎因为疏于练习，技艺荒芜了，频频拖累战队，被队友各种羞辱。

胖虎攒了一肚子委屈，回到家来各种找碴儿迁怒于我。我也早就忍无可忍，跳起来说："我和小盐，你选，有我没他，有他没我。"无辜的小盐做梦也没想到他会成为第三者。见胖虎陷入沉思，我气得拿衣架丢过去："这么显而易见的问题，你居然想得这么投入？你走吧，去跟他们混，永远别回来了。"胖虎真的收拾收拾东西走了，不过第二天就怯怯地跑了回来。

据胖虎叙述，一开始小盐热情地迎接了他，拿出他从前的铺盖并排铺在自己的床垫旁边。可是胖虎没有意识到，他已经被舒适的生活惯坏了，回到以前的环境令他浑身不自在，他四下打量，开始找事："那个……地板拖了吗？"小盐没搭理他。晚上躺进被窝，胖虎吸吸鼻子："这被单有点儿味道，我走后一直没洗过吗？"小盐答："睡你的吧。"千不该万不该，胖虎临睡时又问了句："明天早餐吃什么？有馄饨或者南瓜糊糊吗？"这句话彻底激怒了小盐，他立于床头大叫："你给我滚出去！"胖虎只得忍气吞声熬到天亮，东方刚一发白就蹑手蹑脚地离开了据点。

"他们那儿实在太脏、太乱了，也不知道以前我怎么受得了的。"末了，胖虎一脸嫌弃地说。我看着眼圈发黑、头发蓬乱的胖虎，有些同情他，心想他身心都处在半家半野的状态一定备受煎熬，也许该多给他一点儿时间和耐心。驯化一只野生动物尚且不是一朝一夕的事，何况让一个男人由内而外地褪掉单身狗的心智和皮囊？

在这之后，胖虎在适应新身份的路上踟蹰了相当漫长的一段时间，半夜出逃的事件时有发生，逃到小区门口再折回来也是常有的事。在小盐那里受了气就在别的地方重拾信心，有段时间他非常热衷在公司充当婚姻导师的角色，听见有谁新婚，就搬张椅子过去一坐："我跟你说，婚后的第一场架很重要，我就是因为吵输了，才落到了今天这个地步。"

偶尔夜深人静的时候，窗外传来阵阵野性的呼唤，搅得胖虎辗转反侧，我轻柔地拍拍他，揉一揉他毛茸茸的脑袋令他平息。

小盐那边开始不断有单身狗自绝于团队，走进婚姻，又在某天惊慌失措地挣扎着摆脱控制。据说一天晚上思思（成员之一，男）全副武装，拎着行李箱走进据点，欣喜若狂地插上电脑，叫嚣着："快抓紧时间搞起来，我跟我老婆说出差一个星期。"因为他老婆是敏感多疑的人，当天晚上夺命电话打来时，众人角色分工，假扮同事、客户，手忙脚乱地陪他上演了一出应酬醉酒的大戏。

我问胖虎："为了打盘游戏至于吗？"

胖虎义正词严地说道："看似打游戏，实则为了想打就能打的自由。"紧接着，他不再说话，目不转睛地盯着电视机，我循着他的视线看去，以为是什么有趣的节目，原来不过是重播的小品片段，宋丹丹正在问赵本山把大象关进冰箱分为几个步骤。

胖虎若有所思地说："以前我认为男人最勇敢的行为是去打仗。"

"那现在呢？"我问。

"第一步，把笼子打开；第二步，走进去；第三步，把笼子锁上，并扔掉钥匙。"

我朝他翻了个白眼："我承认，所有敢于走进婚姻的男人都勇气可嘉，但请你不要说得这么悲壮。要知道，笼子里的世界可是小盐等单身狗们梦寐以求的。"

九 现实里不现实的我们 ☁

  电影结束的时候，我们挤在小酒馆半旧的沙发里谁也没有起身，老板大概是见惯了散场时神情恍惚的客人，走过来啪一下打了个响指，露出与午夜十分相称的迷人微笑："两位还需要喝点儿什么吗？"我摇头。"下周三放映《上帝之城》，有兴趣的话，欢迎前来观赏。"

  胖虎点点头，结了账，我们穿上厚厚的羽绒服推开门走进北京的寒夜。这是我们在一起的第二个冬天，不说话也能感觉到自己占据着对方的全部心思，在这种有恃无恐的沉默里，我专心回忆着萨姆·门德斯执导的《革命之路》，脑子里反复闪现的不是某段情节，而是一个单词，"unrealistic"（不现实）。

  胖虎在天桥上停下，俯视着桥下已变得稀疏的汽车尾灯划出的霓虹。脸上渐渐浮现出傲慢的、不屑一顾的神情。那时他临近毕业，拒绝了几份唾手可得的工作，在家人的反复劝说下勉强答应来年出国继续读书。他俯视着桥下，如同俯视众生，仿佛没有什么是他想做而做不到的，仿佛他一出手就应该天地剧变。可是，我喜欢看他露出不可一世的神情，尤其喜欢他只在私下无人注意的时候才偶尔显露。这神情如此卓尔不群、生动凶猛，使我觉得他不仅仅是眼前我所看到的样子，他的身上必定还有种种奇幻美妙的可能性。

"不现实"，我咀嚼着这个词，并不打算和胖虎讨论它，因为除了模糊猜测它大概包含天马行空、我行我素、对周围环境缺乏认知之类的含义外，我也说不清影片中April和Frank想放弃眼下的生活举家搬去巴黎到底不现实在哪里。

"要不我们打车回去吧。"

"好呀。"胖虎收回视线，转脸对我露出一个随和的、平实的笑容。

然后我们一部接一部地看电影，很快就淡忘了没有太空战舰、没有超级英雄、小李也不似当年英俊的《革命之路》。

过了两个多月，某天我们去电影院看夜场电影，入场前胖虎说热，就跑去买了大大一杯暴风雪，跟我你一勺我一勺地挖着吃完了。电影散场后我们沿着寂静的街道走回家，嘴里还带着冰激凌甜甜的余味。我们走着走着就暖得把羽绒服脱下来挂在胳膊上了。这时，胖虎突然说："我有一个绝妙的主意。"

我说："说来听听。"

胖虎说："离出国还早，不如我们趁这段时间创业挣笔钱？"

"可是怎么个创法呢？"

"海南刚被国务院批下来建成国际旅游岛，轻轨也刚竣工，未来肯定是要大发展的，那里又是我的家乡，熟门熟路，所以……"

胖虎说，"我们回海南卖冰激凌吧。"

当然，这个主意就像看上去的那么荒谬，事实上最后整件事也成了亲戚朋友的笑柄和我们的人生污点。在各种或震惊或费解或愤怒的追问下，其实身为当事人，我们也很难解释清楚这个念头的来源，分析半天没有头绪只好怪那天夜色太美丽，从南方吹来的初春的柔风太醉人，皓月星辰也是迷人得一塌糊涂。因此一切在当时的情境下都显得合情合理，并且绝妙得完全可以列为风投优选项目。

我们兴奋地一路走一路聊，不时提醒彼此小声点儿，以免被路人偷听去抢占了先机。等走到家时，整个方案包括资金、公司注册、时间表、人员、产品，竟然都已讨论得七七八八了，我们沉浸在一种辉煌而严肃的情绪里，继续推敲着种种细节，显然已经打算把整个计划付诸现实了。

后来成为胖虎丈母娘的我妈谈论起这件事时问我："你当时怎么也不知道拦着他？"我追溯着那场对话，当胖虎脸上开始出现睥睨天下的神态时，我就被蛊惑了，理智徜徉在香甜软糯的冰激凌里，顾虑全无。那晚的我们看见周围的一切都在闪闪发光，将夜晚照亮得如同白昼。如果不是梦境，那就是像胖虎面对一众疑问时所回答的那样："我们疯了。"

接下来我们在一周内快速斩断和北京的所有瓜葛，这也使我后来懂得一件事：所有羁绊都是留恋的借口，真的心有所向，一切皆可断舍离。来不及回应朋友们的惊讶和伤感，我们带着所有家当和共同的秘密搭上飞往海南的航班。

刚一落定我便去找办公室注册公司，胖虎忙着筹钱招人，起初一切顺风顺水，我们每天激动得满面红光。记得那天我俩怀揣着借来的二十万元钱，身后跟着新招的员工，走在海口海甸岛的艳阳下，一行人穿着人字拖走得踢踢踏踏，声势浩荡地去找冷库。一阵海上清冽的风吹来，灌进胖虎宽松的衣裤，鼓鼓地晃动着，我斜眼瞄他，那一刻的他真是傲视宇宙，所有毛孔都在迎风嘚瑟。我们不疾不徐地往前行进，我们计划从北往南把产品铺到海口、文昌、琼海、三亚，进而占领整个海南市场。我们的时代到来了。

这当然是幻觉，而这一幕场景是幻觉的巅峰。创业的过程令人意外地烦琐庸碌，选产品时我们放弃利润微薄、对经销商条件苛刻的蒙牛、伊利，也放弃了价格偏高、不符合海南市场的和路雪，继而敲定了一个性价比较高的二线品牌，几千箱冰激凌从广东运过来搬进冰库后，胖虎便带着业务员们扫街去了。

由于没有足够的资金购置冰柜，业务员们只能多费口舌央求小卖部的老板放一点儿货在那些大厂商提供的冰柜里，然后埋伏在附近，等蒙牛、伊利的业务员走后再回去把被他们埋进深处的我们的产品翻上来。

别的业务员吹着空调开着小货车铺货，我们的业务员只能骑电动车穿梭在烈日下，加上薪金微薄，心里难免不平衡。因此每天吃饭时，胖虎都要情绪激昂地给大家画饼，拿出海南岛的地图一阵圈："我们正在创业，大家吃点儿苦，阳光总在风雨后，事成之后你就是这一片的大区经理，旁边这一片都是高档居民楼，都划给你，你别着急，这里不是还有一条上风上水的商业街……到时候什么牛什么利不都得看你们的脸色？"他以此来鼓舞士气。

一个星期后，业务员们摸熟地形，抢着把学校、商场、超市附近的区域瓜分一空，最难走的街道和最难搞的小卖部自然都留给了胖虎。胖虎毫无怨言，他说老板才是最大的业务员，接着深吸一口气，肌肉一提脸上堆满谄媚的笑容走进店里："麦呀（方言，此处是叫老板娘），怎么能有人把花裙子穿得这么漂亮？追你的人肯定很多吧。小孩八岁了，怎么可能？你看起来也就二十出头。店里冰激凌走得好吧，都是冲你来买的吧？"不得不承认，男人说起花言巧语来都是有天赋的，胖虎这一番话哄得老板娘心花怒放。

说得多了胖虎常常收不住嘴，见到我也来一句："这个小姑娘真是长得万人倾心。"

我说："你现在怎么变得油嘴滑舌的了？"

"那跑起业务来什么恶心的话都说得出口，我最对不起的是我的胃。"神气的表情已经很久没有在胖虎的脸上出现过了。

可现实就是现实，不为任何人的任何努力所感动，坏消息一个接着一个。首先是那年海南到了三月底仍然只有三十摄氏度，而往年这个时候早就超过三十五摄氏度了。不只是我们，几乎所有卖冰激凌和饮料的业务员都聚在一起抱怨走不动货。第二件是同年伊利不惜巨资在海南建仓，所有产品下调了进货价。它的本意是垄断市场干死蒙牛，结果却把我们最后一点儿价格上的优势也填平了。我们的产品在冰柜中忐忑不安，要有夹娃娃的运气才能被选中。

管理财务的我，左手花钱时是成千上万，右手收回款时却是几百、几十，还有几块钱的票子。滞销的冰激凌安安静静地躺在冷库里，每时每刻都在消耗电费和货架的租金。发工资的日子总是猝不及防地又到了。每一天我们都在为这个不现实的想法付出现实的代价。

胖虎和我在不祥的预感中迎来了最糟糕的那一刻，四个月后钱都花光了，对我们来说算是一笔巨款的二十万元钱像冰激凌一样悄无声息地融化、流淌掉了。现实不会梦醒也无处可躲，我们不得不面对自己整出来的烂摊子。最后胖虎的叔叔辗转找到一个朋友，他愿意以极低的价格把我们的库存拉走。

来拉货的那天，车到了门口，胖虎说等等，然后自己披了一件棉衣走进零下十八摄氏度的冷库。十五分钟后他还没出来，我怕他冻出个好歹，就进去找他，这时胖虎出现在门口，一头白发竖在黑黝黝的脸上格外刺眼。我走近一看，原来是结了一层霜冻。

我问："你进去干什么了？"

胖虎说："把货点了一遍。"

"库存单上不是都有吗？"

胖虎摇摇头："数字归数字，可是走进去看到这些货密密麻麻地摞着，摸上去冷冷硬硬，一箱箱数过去，感觉为什么那么不一样？十万块钱，一共两千两百二十六箱冰激凌。一千箱红豆，五百箱绿豆，五百箱黑芝麻，一百五十箱火炬，七十六箱小奶油。卖掉一百零二箱，破损和送人两箱，还剩两千一百二十二箱。"

胖虎头发上的霜冻在阳光下迅速融化，头发湿湿地耷拉下来，我转过身去招呼伙计，不忍心再看这幅垮塌的画面。

货车开走了，员工互相拍拍肩膀散了，电动自行车也抵了工资。我和胖虎背了一身债，他手里攥着仅有的两万块钱货款，说："杯水车薪，辛苦这么久不如带你去海边玩两天。"

晚上，我们沿着亚龙湾的白沙滩散步，月光皎皎。胖虎问："下海吗？"我没反对，于是我们手牵手一直走到水位齐胸的地方。水里和岸上都空无一人，只有很远处零星的灯火。在夜晚下海的感觉很奇妙，既恐惧刺激，又分外静谧。胖虎突然从身后抱住我，说："嫁给我吧。"

我没说话，我从他僵硬的手臂能感觉到他害怕了。他并不是真的想求婚，他只是想在纷至沓来的失去中抓住他能抓住的。所以我沉默着。胖虎把我拦腰抱起来倒着扔进海里，用这等低劣的恶作剧掩饰尴尬，在他一连串的大笑声中第一次流露出对现实的敬畏。

后来胖虎去留学时读书十分用功，时常在深夜空无一人的实验室里给我打来视频电话。回国后他也是同样心无旁骛地工作，直到两年前我们偿清债务，其间再没有过别的念头。

再聊起这件事时，我们依然觉得它很了不起，"只是……"我说，"有一点儿'不现实'。"这个词那么自然地从我口中滑出来，使我想起那部隆冬里的电影《革命之路》。在历经现实的洗礼后再去回味剧中情节已全然是另一番滋味。即便如此，我仍然希望故事的结局能够被改写，April没有怀孕也没有死，而是如愿和丈夫、孩子一起搬到了巴黎。不现实的决定往往有着现实的意义。

"那你后悔吗？"胖虎问，他的眼睛里又开始闪烁倨傲的光。

"不后悔，下次你再有什么不现实的念头，我还是会义无反顾跟你走的。"

"因为你爱我。"

"因为这是一个多么浪漫、不羁、充满英雄主义的词。"

十　岁月的剩菜

　　但凡自己家开伙做饭的，剩菜大概是个绕不过去的问题。事情虽小，却是庞大繁杂的家务里一个无法忽视的存在。不管负责做饭的人事前多么精心计算，菜依然因为各种各样的原因被剩下。或是某位成员心情不佳，平素爱吃的菜只动了几筷子，又或是谁餐前刚解决完一包薯片，暗暗放慢进食的节奏。反正不是这个菜被剩下，就是那个菜被剩下。今天交了大运一个不剩，明天、后天也会有菜被剩下。只要做饭、吃饭，就会有剩菜，这是个必然的逻辑关系。

　　有的菜比如烧鱼、炖肉剩下了，可以留到下一顿热热再吃，滋味甚至更好。但也有一些不适宜过夜的绿叶蔬菜或是剩量太少的菜必须当天解决掉。这时候首先会有一位成员出来"劝剩"，往往是负责做饭的那一位。一来有始有终，大概是觉得自己对饭菜这件事负有完整的责任，二来只有亲手买菜做饭的人才能体味其中的辛苦和不易，一盘不用二十分钟就被吃个精光的山药炒鱼片可能要花费三个小时去准备和烹饪。其中心血自然不希望被浪费。但据我观察，"劝剩"一般收效甚微，谁都不希望给已经饱足的肠胃增添负担。成员们或是离席或是面对"劝剩"者的殷切目光无动于衷。总之剩菜还是剩着。

这时候，多半还是那同一位成员，叹一口气然后认命般把剩菜拨进自己的碗里。在我们家担当这个角色的，是我妈妈。同样的情景我看了二十多年，直到妈妈从一个美丽的少妇变成一个中年大妈，一尺九的杨柳腰长到二尺六，这七寸的光阴里多少都有剩菜的关系。

记得有一晚我吃完饭折回餐厅拿手机，刚好目睹妈妈独自一人埋头苦吃的背影，原本温暖的橘色灯光变得昏黄落寞，而妈妈在这个宿命般的景象里竟像剩菜一样可怜，我看着看着差点儿落泪。那一刻起我发誓，以后嫁人了绝不吃剩菜，绝不。

后来我遇到了胖虎，一个虎头虎脑的理科生。相处到浓情蜜意时我问他："你爱我吗？"他点头。

"从什么时候开始的呢？"

他想了想，说道："从我愿意把好吃的分给你开始，以前我从不跟别人分的。"

"那……有多爱？"

"比我对红烧蹄髈和糖醋排骨的爱加起来还要多。"

想不到有生之年我还要和两道荤菜竞争，并且打败了它们，以色香味俱全荣登榜首。胖虎有多爱我我没闹明白，但他对食物的爱是确凿无疑的。

我们组建家庭一年有余了，开伙做饭。剩菜成为诸多需要对抗的烦恼之一。回想胖虎表白时说的话，他对食物的迷恋和热情似乎已为今日埋好伏笔，我决心好好利用这一点。

一个和谐的、不吵架的家庭必然是成员之间分工明确，各司其职的。然而家庭生活远比想象中庞大繁杂，再怎么仔细划分责任、义务，也仍然有界限不清的角落等待某位成员前去认领。这里面大多无关是非道德而是成员间博弈的结果，理直气壮的一方往往就是正义的一方。所以当你想把一项重任推给对方时，一定要把愧疚感全部吞进肚子，然后表现出理所应当、天生如此的姿态，将事情在无声无息中推进。

刚开始的时候我很谨慎，小心翼翼，眼看吃到一半菜量有消化不掉的迹象就热情地给胖虎夹："这个菜好吃吗？人家跟着美食节目学了好久呢，你多吃点儿。"或者掐着点打开电视播放综艺节目，胖虎大笑之间不知不觉也能清空盘子。再有的时候我先吃完，坐在旁边若无其事地把裙子拉高一点儿，他心神不宁的似乎也能化某种力量为食欲。

除此之外，我还有意无意就给他灌输珍惜食物、浪费可耻的观念。电视里播放公益广告时站在他前面喃喃自语："我们浪费一年的食物足够非洲儿童吃两年呢。""现在全国都在开展'光盘行动'哦。"把食物要吃光的信念如春雨般渗透到了胖虎的心田。

如此，我一边施展策略一边暗自观察胖虎的反应。他对发生在自己身上的一切似乎浑然不知，只管尽职尽责地吃光饭菜，不管是"自然剩"，还是"刻意剩"，都津津有味地打扫干净，兴致所至甚至屡屡冒出刮盘子的冲动。因为心情不好而影响胃口的事一次也没在他身上发生过。我怀疑在这枚理工男充满奇怪符号的脑袋里也许根本不存在剩菜的概念。

总之进展得如此顺利，我很欣喜同时又有点儿单打独斗的落寞，一时间收不住手脚，把"剩"的地盘从餐桌上往外拓展了一大圈。进电影院时买盒爆米花，到电影散场了盒子必定抱在胖虎怀里。逛街时喝了一半的饮料瓶子也总会在不知不觉间落到胖虎手上。渐渐地，比萨边呀，还剩五分之一的牛奶盒子呀，被咬去巧克力外壳的冰激凌呀，统统交由胖虎终结。

但他也不是一味逆来顺受，遇到心情不佳或食物不合口味时，胖虎就会微微眯起小眼睛，脸上露出犹豫的神情，向下撇的嘴角也有明显的反抗意味。每逢这时，我就用娇媚而坚定的目光迎上去，同时露出鼓励的微笑。如果还不能奏效，我就拿起食物径直走向垃圾桶，扭头默默看他一眼，传达出"食物被浪费了，都是你的错"的讯息，十次有十次胖虎都会赶紧跑过来请我手下留情。

胖虎的可塑性令人欣慰，而当我有一天在冰箱发现半个西瓜被整整齐齐挖去边沿一圈，只剩下中心部分的时候，惊喜得差点儿落泪，胖虎已经学会了主动处理"预期剩"。我夸奖他："你真是我们家的食品终端。"高兴时，我便亲切地叫他"端端"，胖虎晃晃脑袋，以示回应。

与此同时，胖虎的体重从婚前的七十五公斤一路飙升至八十五公斤。朋友们都说他是因为幸福，而婆婆认为是我厨艺高超，结局皆大欢喜。

有一天，胖虎回家后跟我说起一个有关剩菜的笑话："我有个同事，上顿饭剩了红烧肉和炒鸡蛋，你知道他怎么做的吗？下顿饭他把这些剩菜和米混合起来煮了碗粥，那个恶心呀，光看照片就秒杀一堆人，我们封他为'黑暗料理之神'。哈哈哈……"

　　我淡然地说："你看这么悲惨的事就从不会发生在你身上。"

　　胖虎点头赞同："是呀，是呀，还是有老婆好。"

十一　亲爱的，我不是变态

　　我从没想到我喜欢往小铁盒里放崭新的百元钞票的秘密会被发现。一直以来，小铁盒那么安静地，无忧无虑地，没招谁惹谁地躺在衣橱的角落里，等待我每隔十来天就往里面放几张簇新的纸币。我一打开小铁盒，就能闻到一股新钱的味道，四角挺括，还不谙世事的钞票平平整整地码在一起，三十多张也只有薄薄一沓。我幻想着这笔隐匿的财富日积月累会变成一个天文数字，又或者在紧急情况下派上大用场，比如遇到天崩地裂逃难的时候，拿上小铁盒就跑总可以买上水和面包，再比如家里闯进蒙面劫匪，一沓赏心悦目的钞票也许能息事宁人。

　　可是突然有一天，小铁盒狼狈地倒扣着，里面的钱财被洗劫一空。一声不吭干出这种事的还能有谁？我气急败坏地揪住胖虎的衣领，他供认不讳："是我拿的。"

　　"拿去干什么了？"

"买英雄了。"

"就这些？"

"还有炫酷皮肤。"他的表情理直气壮，使我高举起铁盒准备丢他的胳膊慢慢放了下来，直觉告诉我这场架将像以往的任何一场一样徒劳，以他半人半机器的思维大概分不清楚花掉衣橱角落偶得的钱和吃掉冰箱里一串香蕉有什么差别。传达到他眼里的信息不过都是——这里有可用资源，就更别指望他能理解我这种未雨绸缪的小情怀了。这下好了，碰上天灾或者劫匪，我们只有饿死或者被咔嚓的份儿了。

沮丧之余，那是我第一次对婚姻制造的亲密关系感到不满，我们紧挨彼此，如此之近，以至于每个秘密都有随时被人知晓的危险。可是谁没有点儿小秘密、小怪癖，或是不愿让别人知道的晦暗角落呢？话说到这儿仔细一想，其实如此猝不及防已经不是第一次了，我苦心埋藏的小隐私们在我与胖虎水乳交融的岁月里一个接一个曝光，腾空升起一朵朵羞愤的蘑菇云。

我回想起来最不堪的事件关乎我的脸。我自幼脸大如满月，不论谁给我洗脸，都要感叹上一句"真是胡噜了好大一圈"。懂事之后什么"搽脸费香香""大脸猫""眼睛离嘴巴好远"之类的揶揄不绝于耳，弄得我深感自卑。偏偏一张脸无处躲无处藏，小小年纪我就学会了低头走路。

后来，疼爱我的姑姑领我去理发店，亲自督导理发师给我剪了一个童花头，齐刘海和脸畔两撇头发犹如剧场帘幕，半开半合之间将大家的视线引导到中央区域。剪完头发回家的路上，生平头一遭有人赞我五官清秀。我感激姑姑的良苦用心，从那以后我一直保留着这个发型二十年不变。耳边的两片发帘成为我躲藏和遮羞的法宝，有了它们，我走路也大摇大摆了起来。每每遇到重大场合或者看见帅哥，我总是下意识地抓起头发盖一盖脸，以免露出不该露的地方。当然这并不是万无一失的，泳帽和大风是我永远的死敌。

　　和胖虎认识以后，我揣着一张大脸愣是东躲西藏了两年多，既没让他见过我的身份证、护照上的无刘海露耳照，也没和他一起游过泳，更别说一起玩过山车、放风筝之类的危险项目了。只有一次差点儿暴露，那是我们新婚旅行，两人正在山路上走着，我说好像下雨了，胖虎说没有呀，我说有，几滴雨都落到我脸上了。匆匆下了山走到小镇上，眼前一群人围着一个卖彩色棉花糖的大叔，我们也挤过去凑热闹，我冷不丁哎哟叫了一声，胖虎问怎么了，我说一颗糖粒溅到我脸上了。这时我三番五次遭到袭击的脸引起了胖虎的注意，他盯了我一会儿，大有寻找脸庞边界的意思。我说，你看那边有卖烤玉米的，说完赶紧拉着他飞奔了过去。

　　当天晚上，我俩靠在酒店的床上看电视，我思忖着这可怎么办，已经结了婚朝夕不离，隐藏的难度实在太大了。碰巧这时电视里金星发表了一段关于婚姻的言论，说恋爱的时候我们展现给彼此的只有一百八十度，可是结了婚看到的是三百六十度。我就势拍拍胖虎："你看到我的三百六十度了吗？"

　　胖虎想都没想就说："看了，你三百六十度零死角。"

　　"你确定所有死角都看了？"

　　胖虎愣了愣，脸上泛起红晕："太早了吧，天还没黑透呢。"

　　我朝他翻了个白眼，心想算了，能藏还是尽量藏吧。

　　可如此逼近的贴身防守终究百密一疏，某个早上我在睡梦中听见耳畔一声短促的惊叫。敏感如我立刻知道发生了什么，伸手一摸，头发果然已经不在脸上了。我急忙翻过身去，顺势重新盖住脸。胖虎惊叹："原来你头发底下藏了那么多脸，白花花的一片。"我心里羞愤得想掐死他，瓮声瓮气地说："从遇见你第一天起我就是这个样子，是你自己没发现，有什么好大惊小怪的。"

接下来的几天我都为这个秘密的败露懊恼不已，胖虎怎么道歉、安抚都不行。每每他盯着我的脸超过三秒钟，我就怀疑他在暗中计算我头发下的脸部面积。

直到有一天，我看见胖虎鬼鬼祟祟地蹲在洗衣篮旁边捣鼓什么，我不动声色地观察了几次终于得知真相，原来他虽然身高不矮，但是上半身和下半身的比例却有些失调，平常T恤盖住半截臀部倒也不易察觉，只是裤长就成了困扰。为了不暴露身材的缺点，胖虎买了新裤子不肯去裁短，而是每次都把裤腿往里掖几圈，等到需要洗换时再把裤脚展平。果然唯有一段羞耻才能治愈另一段羞耻，我立刻感觉神清气爽。

一日，胖虎因我不肯做饭而心情欠佳，见我化妆便挖苦道："一个粉扑太少，你应该再买一个左右开弓。"我放下粉盒，温柔地说道："一会儿去帮你裁裤脚，免得你折来折去好辛苦。"胖虎满脸愕然，瞪大眼睛低头看着自己的下半身，随即落荒而逃。

婚姻让我们像了解自己一样了解对方，这是她的美好，也是她的残酷。其实相比脸大、腿短、屁股上有痣这类"硬伤"，有另一类秘密的曝光更为震撼，它足以让你重新审视眼前同床共枕的爱人究竟是不是你一直以为的那一个。

一个周日的早上，我有事外出，留胖虎独自在家，刚走到楼下发现忘带手机于是折回去取，推开门只见卧房内窗帘紧闭光线昏暗，胖虎盘腿坐在床上面对着电脑，屏幕上缓缓变幻的微光投射在他胖乎乎的脸上，而此刻胖虎的神情是我从没见过的，一副痴相里涌动着一股压抑着的兴奋。

我脑中霎时浮现出种种可能，也许他还有某个不为人知的身份，正在看什么机密情报？就像《史密斯夫妇》里演的那样，又或许是……泷泽萝拉之类？

不管怎么样，不能错失机会，我飞身扑过去，堵在胖虎和电脑之间。可我的猜测都不对，屏幕上竟是一个可爱的动漫少女（穿着衣服的），右上方的片名写着《凉宫春日的忧郁》。我再打开播放列表，记录里罗列着《草莓棉花糖》《魔法少女小樱》《蜂蜜与四叶草》……

我狐疑地看看屏幕，又看看胖虎，一时无法把一个五大三粗的直男和少女动漫联系起来，我默默起身走出房间。

胖虎不安地问："妞，你怎么了？"

我说："这事儿你容我想想。"

"看少女动漫有什么错？"

"没有错，就是怪怪的。再说，你要是真的理直气壮，干吗躲着我看？"

胖虎跳下床追过来："你听我说，我只是喜欢看少女动漫，没别的，从初中时就喜欢。躲着你是因为怕你觉得我变态。亲爱的，我不是变态，你要相信我……"

十二　真爱有屁

相爱是需要契机的，这一点有过恋爱经验的人一定不难理解。不管两个人在客观条件上多么登对，倘若没有那电光石火的一瞬间，终究难以修成正果。引发这一瞬间的导火索种类繁多，一场雨、一个笑、黄昏的光线、飞机突然颠簸，都可能开启魔法时刻。一瞬间时空暂停，万籁俱寂，彼此眼中只看得到彼此，心门吱呀一声打开一条缝，好供对方的灵魂自由穿行。不知有多少歌，多少文字，多少电影试图描绘过这个场景，那真是"五月的晴天闪了电。"

我和胖虎结婚的时候，很多人问我们是怎么认识的，但问我们是怎么相爱的一个也没有，若要真是有人问了，估计我也只能搪塞过去，因为说起来实在很尴尬，我们相恋的契机是一个屁。

我和胖虎认识半年多后，关系依然不温不火，而我也没有深入交往的打算。原因简单，那年我二十三岁，正是女孩一生中最明媚、肆意的时光，给阵风就能飞起来。加上工作关系，天南海北地跑，无拘无束，所以我并不着急过早确定一段关系。胖虎倒也不急不躁，话不多说，只是过段时间就来约一顿饭。

这天他约我去莫斯科餐厅吃西餐，从下午起，我的肚子就有点儿不舒服，此刻一坐定更觉得坠胀难忍。我本想吃完嘴里这块牛肉就去洗手间，谁知道吞咽时的一阵快感致使屁股一松，于是一个清脆、悠长、嘹亮的屁淘气地盘旋在餐桌上空。当时餐厅人不少，却约好似的寂静无声，背影音乐恰好在两首乐曲的间隙，加上这是典型的俄罗斯建筑，穹顶极高，空间恢宏空旷，因此我绝望地听见了这个屁的回声。

我握紧刀叉，第一反应是眼前这个人我绝不会再见了，目击者并没有做错什么，目击者的存在本身就是错。我不想以后一看到他就想起这个难堪的瞬间。屁这件事说大不大，说小不小，一个人的时候可以尽情放，亲人朋友在场也无伤大雅，可唯独不能在恋人面前放。《欲望都市》里的女主凯莉不小心在男朋友面前放了个屁，立刻花容失色，抱上外套落荒而逃，还召集来姐妹们共商对策。可见它在两性关系中比裸体更私密，敢于脱掉羞耻心的外衣，绝对是一段亲密关系的里程碑。

这么想着我心一横又往嘴里送了一块肉，一边保持着泰然自若的姿态抵挡四周投来的目光，一边默默措辞，想找几句体面话尽快结束这顿晚餐。胖虎呢，自始至终眼皮也没抬一下，只管专心对付盘中的西冷牛排。过了十秒钟，他做出了一个让我大为意外的反应。

只见他眼睛一眯，虎躯微震，噗的一声也放了个屁，虽然比起我的稍显短促，但是低沉有力，干脆果断，在气势上更胜一筹。站在我们附近的男侍者脸上一副快哭的表情，频频投以恳求的目光。

胖虎说："在我面前不要忍，哭也是，笑也是，屁也是。"真是男友力十足，那一刻，我感到心窗忽亮，蝴蝶拍打，胖虎身旁散发出一圈暖融融的光。爱情中最动人的莫过于被对方无条件接纳，哪怕是自己觉得难堪的事，并且他救场的方式如此艺术，不由得令人刮目相看。

胖虎的形象在我心里渐渐立体、生动，从一群灰蒙蒙的人像中脱颖而出。细看之下他其实很特别，和我遇到过的其他男人都不一样。比如，他从未夸耀过什么，朋友也好，经历也好，一次也没有过。再比如，他是一个几乎没有物质欲的人，一年只穿两双鞋，春夏秋一双，冬天一双，衣服上破了几个洞也不以为意。

寻找一个人独一无二的地方竟有如此大的魔力，直到那天晚上我仍在琢磨这个命题。比如他念的机器学习是我见过的最深奥的学科，比如他是唯一会从外地背十几斤水果送给我的人。

后来我得出结论，当一个人开始觉得另一个人处处与众不同时，就是一个十分危险的信号，它意味着化学反应的开始。果然，后来我们见面的频率变高，每次我都能从他身上找出新的特别之处，再后来我不再找他的特别之处，而是找我们的共同点。随着他在我心头占据的时间越来越多，我们坠入爱河。当然，这所有的念头，如果没有那个屁，都不会产生。

也许是一开始就扮演了神圣的角色，在后来的日子里，屁也一直作为衡量我和胖虎关系亲疏的重要标尺。交往半年后，我已经敢在胖虎面前从容地放屁了，刚开始还扭扭捏捏放不开，在胖虎的一再鼓励下渐渐也就自如了。

领证之后更不见外，加上长期练习，技艺也见长，遇到什么高兴事了，就噼里啪啦放一阵来助兴。有时和胖虎错身而过，手头又忙着各自的事，两人就各放个屁算作打招呼，有如火车交会时互鸣汽笛。再或者胖虎惹我不高兴前来讨好时，我不言不语只用一个屁来回应，就能恰到好处地表达爱搭不理的姿态。

结婚三年后，我熟门熟路，地位稳固，在他们家已然横着走，放屁更是有恃无恐了，如入无人之境。半夜一声巨响，胖虎呢喃"打雷了"的事件时有发生。

又有一回，胖虎不知说了句什么冒犯的话，我在被窝里放了个声味俱厉的屁，然后拉过被头把他蒙了进去。胖虎一边挣扎一边懊悔："早知如此，何必当初？你这是大不敬，放在古代就该一纸休书……"

我身边常常有人讨论男友是否百分之百真心的话题。每次听到、看到，我都想，其实有个再简单不过的方法：趁他不备，卯足劲放一个屁，然后看看他抬起头时的眼神。他如果爱得浅，只愿享受你的美好，眼里必然流露嫌恶，反之他要是认定你是唯一，自然愿意全盘接受。所以，那一瞬间的眼神多少情多少爱都在里面了。

胖虎看到这篇文章时，有些担忧："这种话题难登大雅之堂吧，为什么不写一点儿小鸟、月亮、花花草草呢？"

我说："就是这样的话题才不该回避，美貌不能伴随我终生，可屁是一定会跟我一辈子的。决定两个人关系能否长远的其实往往不是爱得多深，而是嫌弃得有多深，忍无可忍的时候也就走到尽头了。所以早点儿让你看见丑陋的日常，并且对你的忍耐力加以训练

068

才是人间正道。"

胖虎点点头："我不但看见了，也听见了、闻到了。你的技巧已经炉火纯青，千万别再升级了。"

末了，他又感慨了一句："想不到现在我们在对方面前能这样无拘无束，还记得一起吃牛排那次吗？那天如果不是你抢在我前面放了个屁，我恐怕再也没脸约你了。"

十三　拜见岳父大人 ☁

　　转眼又到了筹划恋爱纪念日的时候，我一边划拉着手机查找优惠旅行套餐，一边随口问胖虎："我们在一起这么久，哪件事让你印象最深刻？"

　　胖虎不假思索地回答道："第一次见你爸爸。"

　　"拜托，这么浪漫的命题，能别把他老人家扯进来吗？前年冬天在海南，傍晚我们去海边散步，还捡了很多贝壳，不是很美好吗？还有一次，我在酒吧跳上台给你唱《宝贝》，你都感动哭了。"

　　胖虎点点头："可是这些……跟我冒死从一个男人手里把你抢过来相比，根本不在一个量级上。"

　　我努力搜索这段令胖虎刻骨铭心的回忆，脑中最先浮现的是他一脸天真无邪、欢天喜地地冲我跑来的模样。那是约好去我家的前一天，胖虎穿着多半是向他爸爸借来的西装，拎着一大包土特产，活脱脱一个农民企业家的样子。一见面便从包里往外掏东西："这都是我妈给准备的见面礼，这是海马，这是海参，还有鲨鱼肚……"都拿完了见我没作声，胖虎赶紧指指另一个包说："礼金，礼金也备好了。"

我轻轻咳嗽了两声，打算在不打击胖虎热情的前提下，委婉地告诉他这件事的难度系数。

"胖虎，我觉得有必要向你介绍一下我父母的性格特点和喜好，这样你和他们沟通起来会更有把握一点儿。"

胖虎点头："当然当然，知己知彼嘛。"

我说："先说我妈妈，也就是你未来的丈母娘，是一个骨灰级颜控，她的梦中情人是《上海滩》里的周润发。所以见到你，也许会觉得你和周润发有那么一点儿不同，希望你别介意。总体来说，我妈还是一个容易妥协的人。

"再说我爸爸，他才是这次会面的头号人物，你可以把他当成最终老板，一定要集中火力猛攻。他呢，是殿堂级完美控，而且有一颗少女心。有几个雷区你千万别碰，首先，千万别和他谈钱摆阔，不然他会觉得你侮辱了他文人的清高。其次，不要说你的学历，他最受不了别人学历比他高。最后，不要炫耀家境，他瞧不上靠父母的孩子。当然，如果以上这些都没有，他会觉得你根本配不上我。"

胖虎回味一番后，愣愣地看着我说："这不是死命题吗？"

我翻了个白眼："你以为凭我容貌倾城，为什么到现在还没嫁出去？"

我瞄了一眼胖虎偷偷往回装东西的手，赶紧往回找补："其实你应该感谢在你之前牺牲的人，至少总结了不少宝贵经验，挤一挤还是有缝可钻的。"

见他还是耷拉着脑袋，我干脆一咬牙："这样吧，你攻三天，三天还攻不下来，我就偷户口本和你私奔。"

胖虎眼睛放光："一言为定。"

虽是见我父母，可我的紧张程度不亚于胖虎，因为我深知我爹不好对付，不由得暗暗心疼胖虎。第二天，进了小区大门，我跟在他耳边叮嘱："我爸要是为难你，也是因为他舍不得我。你忍忍，大丈夫能屈能伸，自尊心该放下的时候要放下，不卑不亢，不要挑衅……"

走到门口我怕他临时反悔，门刚打开一道缝，就把他一把推了进去。惊恐、无助、茫然、绝望的表情依次在胖虎脸上风起云涌，最后定格为破釜沉舟。

他迎着我妈上下扫视的目光配合地舒展身体，露出一个遗憾而抱歉的笑容，意思是长成这样并非他本意。面对我爸客气、疏离的态度，胖虎找了个离他不近，而又让我爸无法忽略他存在的位置坐下，姿态温良。我爸一语不发，高高举起报纸埋头阅读。僵持了片刻，我见气氛并无松动的意思，便借口电脑死机了，招呼胖虎到房间商量下一步对策。

胖虎问："你跟你爸妈介绍过我吗？感觉他们对我很陌生呢。"

我说："当然，就差递简历了，不过他们向来不怎么信我的话，要不一会儿吃饭时，你再做个自我介绍？"

胖虎沉吟片刻："如果一会儿场面还是很冷，你看到我的暗号就跳起来打我的头。"

我很惊讶："我怎么能打你？"

胖虎瞥我一眼："平时怎么打就怎么打。一般我们游戏玩不通关，就用金手指破解，寻常路走不通只有出奇制胜。现在不是缺少一个事件引起交流吗？"

"可是……"我很怀疑这招是否行得通。

饭桌上的气氛果然如预料般沉闷无比，我妈似乎已经对胖虎失去兴趣，不时回头看一眼电视里正在播出的连续剧。我爸看似神态超然，实则暗中观察着胖虎的一举一动。见此场景，刚还犹豫不决的我果断向胖虎点点头。胖虎随即用眼神示意，于是我瞅准机会劈头给了他一巴掌，指着他筷子上的肉说："没看见上面写着我名字吗？"胖虎不慌不忙地把肉送到我碗里："本来就是给你夹的。"

果然我爸妈同时愣住了，我爸先是狠狠地瞪了我一眼："怎么这样不懂规矩？"接着，他很不情愿地对胖虎开口道："没事吧？"

胖虎敦厚地接话："没事没事，习惯了。"

我妈把视线重新落回到胖虎身上，除了身高、容貌之外，我妈第二操心的就是我嫁出去后受欺负，现在亲眼目睹有人情愿被我骑在头上如此欺凌，似乎觉得退而求其次也未尝不可，她起身走向锅台，又给胖虎加了一道糖醋排骨。

吃完饭，胖虎跟着我回到房间，不一会儿我妈也跟了进来，她简单明了地问了胖虎几个问题，如年收入、家庭情况、购房计划，胖虎一一作答，我妈略加思索后表示愿意站在我们这一边。

待我妈离开，我不无钦佩地看着胖虎说："这么快就争取到同盟了，高手呀，快说，是不是有过经验？"

胖虎说："你摸摸我后背上的衣服。"

我伸手一摸，竟然湿透了，看他应付得镇定自若，原来内心如此跌宕。

胖虎说："昨晚我紧张得翻来覆去睡不着，就打电话给我妈，我妈跟我说不要怕，如果遇到老虎就扮猪，如果遇到猪就扮老虎。"

"那我爸是猪还是老虎？"

"目前还不明朗，纸老虎的可能性比较大。"

我翻了他一眼，慢悠悠地说："一会儿呢，我爸出于礼貌会留你睡客房，你可千万不要踩地雷，他是一个古板又传统的人。曾有一个青年，处处都令我爸妈称心如意，可就是栽在这一步了，我爸觉得他太轻浮。"

于是，在我爸发出留宿的邀请后，胖虎的脸上浮现出了矜持而羞愤的表情，那模样仿佛连我的手都没有碰过，他毅然拒绝道："那怎么行？我虽然年轻，可这点儿礼数还是懂的，我已经在附近订好了酒店。"说完，他大义凛然地转身离去。

第二天再见时，我爸的神色明显缓和了不少，吃饭时主动问起胖虎的境况，胖虎牢记我的嘱咐，措辞谨慎。问到工作，胖虎答能养全家，问到学历，胖虎答希望深造到博士，问在哪里落脚，胖虎说您女儿去哪儿我就去哪儿。我爸的防线终于土崩瓦解。

离开我家后还没走出小区，我就收到了我妈的短信："你爸说再看看。"我抱着胖虎欢呼："我们成功了。"胖虎惊魂未定："不要掉以轻心，刚过初试而已。这场考试真的比我考大学和研究生加起来都难，因为根本没有标准答案。"

接下来的大半年，胖虎出入我家不下十趟，陪我爸喝酒、健身、互诉衷肠。到了年底，我爸终于艰难地说了三个字："不反对。"胖虎如同游戏打通关了，高兴得没了形状。办回门酒那天，吃过晚饭他一早冲进我卧房躺倒在床上，说要好好享受一下这张他梦寐以求的床。

"真不容易呀，从酒店到你家客房，再到你的闺房，我感觉这一路是爬过来的。"然后他恍然大悟道，"我好像突然能理解你爸的心情了，你想以后如果我们有个像花一样的女儿，好吃好穿地养了她二十多年，这时不知道从哪里冒出一个臭小子要睡进她的房间，光是想想，我就恨得牙痒痒了。"

十四　从诗到婚姻

　　大概是几年前一个春天的晚上，当时我在南京的家里，整晚猫在卧室看小说，看完后，起身推开房门出去时冷不丁走进一片阒寂的黑暗，父母已经回卧室睡觉，一切热闹声响也随之消失。我没去开灯，借着窗外漏进的微光穿行在沉睡了的客厅，心里宁静极了。我走进餐厅，从冰箱里拿了一罐啤酒打开，靠在餐台边独自喝起来。

　　视线转向窗外，本以为能看见初升的月亮，却意外地看见了一片迷蒙的水雾，下雨了，难怪空气里透着沁凉。南京的春雨下得绝妙，只有在这静谧的夜里凝神去听，才能辨别出一点儿声响，像私语，像蚕食，像叹息，窸窸窣窣就勾起情思，我掏出手机打电话给胖虎，他立刻接了。

　　"睡了吗？"

　　"还没。"

"在做什么？"

"躺在床上听雨声。"

仔细听，电话那边果然依稀响着粗砺的雨声，心想原来地域不同雨的性子也不一样，比起江南细雨的温婉，海南的雨下得散漫而粗犷。

"我这儿也下雨了。"

胖虎停了几秒："怎么听不见？"

"下得静，要细细听。"

胖虎又听了一会儿说："还是听不见，但是能闻出潮湿的味道，想我了？"

"不想。"

"不想干吗给我打电话？"

"就是告诉你下雨了。"

然后我们都没再说话，静静地听着下在同一时间里的两场雨，就那么心无旁骛地听了一晚上。

当我站在灶台前，起锅时被油烟呛得眼泪鼻涕横流，在满屋的人间烟火里凝神一想，我和胖虎竟然也有这样诗意的过往。不记得是怎么开始的，仿佛突然有一天日子就被灌醉了，醺醺然飘起来，四周簇拥着红彤彤的云彩。两个人抱着、拥着，看见对方就像看见了整个瑰丽的宇宙，怎么也看不够。热烈时亲一口就呼呼烧着了，柔情处像两只猫蜷在沙发上晒太阳，任一个下午流淌过去，仿佛时间不关我们的事。我们说了无数的话，已经记不清内容，大概不是哲理就是诗句，再不然就是梦吃吧。

爱成这样的两个人，想当然地以为结婚就是让这一切永无休止地延续下去，因此定终身时都是一副义无反顾的架势。我们领了证，办了喜宴，喝了交杯酒，买了一张结实的大床准备厮守终身。然后呢？然后迷人的金色雾霭渐渐散去，露出黑色的、坚硬的礁石。

随着一觉接着一觉醒来，生活似乎也在一天天变换脸孔。就拿吃饭来说吧，结婚前我和胖虎一直是找各式有情调的小餐馆，一顿饭眉来眼去地吃上两个钟头。婚后天天一日三餐，不但时间上不允许，经济上也不能只顾当下，总得想着下个月怎么过吧？于是我系上围裙，开始摆弄爱心煎蛋、相思面条。有一天，胖虎怯怯地问能不能换点儿别的。我说："你不是说只要是我做的就是珍馐，吃上千遍万遍也不厌倦吗？"胖虎说："是的，可是我想吃猪肉。"

爱情不需要猪肉，爱情里什么都好吃，连一杯凉的白开水都带着天山雪水的神韵。可是一过上日子，慢慢地一切就都恢复了原本的滋味，不但需要猪肉，还需要很多很多，无数的鸡毛蒜皮从犄角旮旯包围过来，似乎怠慢了哪一样都会影响婚姻的正常运转。

与此同时很多东西又在不经意间消失了。以往一起睡觉总要抱成一团，一个手指头也不愿落单，但这样的睡法终归不舒适也难以坚持，终有一天一个人先松开了手，接着另一个人挪开了腿，醒来时两人已是双双散开躺成大字。又一天我发现什么似的说胖虎："你现在怎么不喘了？以前只要靠近我不足二十厘米，你就呼吸急促不能自持。"胖虎说："成天那么激动，你就不怕我心脏爆裂而死？"

我惶惑地问他："你不觉得我们之间发生了很多变化吗？我们还像从前一样相爱吗？"

胖虎不以为然地晃晃脑袋说:"既然都结婚了,还想这些干什么?"

我说:"我看过一个比喻,说爱情就像一条活蹦乱跳的鱼,有些人结婚后就把这条鱼放进冰箱,等再打开看时,鱼已经冻成冰棍了,所以我想小心谨慎点儿对待。"

胖虎露出片刻痴呆的神态,接着笃定地点点头:"我没有变,你也没有,如果你不爱我了,肯定就跟野男人跑了,干吗还留在这里给我做饭吃?我们的鱼还鲜着呢。"

我翻了个白眼,吐出一口哀怨之气,这货和我根本不在一个思路上。

面对愈发缺少惊喜、愈发程式化的婚姻生活,我苦恼着、失落着、寻找着、挣扎着,但千方百计似乎也难以阻止爱情落入平淡的窠臼,恰好那段时间赶上新书签约的种种波折,着实也没有精力继续深究这个难题,只得先放在一旁听天由命。

我一辈子也不会忘记后来的那个下午,那天在历经多次游说、斡旋、拒绝、更换出版公司以及漫长的等待后,终于尘埃落定,我的第一本长篇小说如愿以偿地签约了。签完字,和编辑道了别,我把合同装进包里慢慢走回家。

家里仍是我出来时的样子,除了光线因天色已晚变得昏暗,电脑里的文档静静等着我去写完结尾,椅背上的一只袜子仍挂在那里提醒我去找失散的另一只。我看看时间,走进厨房给一根萝卜刨皮准备晚饭。我想象中的兴奋和雀跃并没有出现,相反从身体深处涌上一股深深的倦意,也许是那一刻我明白了这点小小的成果远不足以撼动生活的基调和面貌。

这时胖虎下班回来了，在外面啪啪地敲门，打开门见他喜气洋洋地站在门外，手里拎着一个大袋子，胖虎知道我今天签约，扬着声调说："妞，我们家那边有喜事就要宰猪宰鸡，这里买不到活的，我就买了现成的花猪肉和黑脚鸡。"

我忘记了当时有没有落泪，但这股直击胸腔的暖流真的比冬季里最暖的温泉还要暖。我们坐下来吃了一顿热气腾腾的饭。胖虎说："还是你陪在旁边吃饭香，前阵子你回老家，我一个人吃什么都没滋味。"我点点头，看着碗里肉片上繁复而规则的纹理好像是对爱情的另一种注解。

晚上，我拍拍躺在身边的胖虎："你还记得有一回我送你去机场吗？我俩一前一后上了扶梯，我在前，你在后，我们身后是巨大的玻璃窗。那扶梯好长好长，像是通到了天空，中途我回头看看你，我迎着光，你逆着光。我冲你笑了笑，当时你说，'妞，你就是我的美好'。"

胖虎没应声，我推了推他仍然一动不动，黑暗中响起了他均匀的鼻息，这家伙已经睡美了。我独自沉浸在那诗情画意的一幕，自言自语道："好好的一首诗怎么就变成花猪肉和黑脚鸡了呢？"

十五　下雪时我们的晚餐

　　刚入十一月，北京城迎来一场大雪，沸沸扬扬地从午后一直持续到傍晚，放眼望去一片辽阔、耀眼的白。大自然的美从来都是无可争辩的，城内众生被撩拨得骚动不已，这样隆重的一天不花些心思组织点儿活动的确有负天意。

　　胖虎灵巧地转动着一双小眼睛，思考得很用心。本以为他会提议找间二十层以上的酒廊边小酌边俯瞰雪景，或是去植物园、颐和园之类的空旷场地嬉戏一番。谁料待思绪兜转一圈回来，胖虎慢慢开口道："还是好好吃一顿吧。我们一人选一道菜，一直念想又难得吃到的那种，然后一起在家里做怎么样？"我耸耸肩说："行呀，你想吃什么？"

　　胖虎脸上瞬间浮现出无限向往的神情："海南过年汤。"

　　如果不是因为给胖虎当了媳妇，跟他回老家时亲口尝过这道汤，我大概想不到一道汤的内容竟能搭配得如此不拘一格、充满想象力。猪脚、海参、瑶柱、海鱼肚，每样原料都很有存在感，却偏偏全放进一锅炖煮，大概怕味道太过肥腻、生猛，于是再加上白萝卜、木耳、粉丝、腐竹等一群配角，最后做成热热闹闹、豪华丰沛的一锅。

汤汁浓、厚、鲜、甜、香，层次丰富得味蕾都要忙不过来了。不但十全大补，还带给人一种富足盈余的精神愉悦感。登门拜年的客人都要喝上一碗，老人、小孩吃软烂的海参、鱼肚，年轻力壮的啃猪脚，小姑娘专挑萝卜、木耳。老少咸宜、皆大欢喜的一锅汤，喝过了才觉得这年过得有滋味、踏实。

我问过胖虎这道汤的来历，他说他不清楚，只知道从他爷爷奶奶那辈起就有了，那个年月里渔民出远海打鱼前都要举行祭祖仪式，烧了香、磕了头才敢上船，即便如此，海难仍是常有的事，时不时就会听说哪家的渔船没有回来。

我想，渔民的妻子在家里算着日子等待出海的丈夫归来，或许就会熬上这么一锅汤，于千万种心绪里煎熬着，汤也就跟着复杂起来了，将能放的食材放个遍，唯此这汤才能担负种种使命，既是虔诚的祝愿，又是隆重的迎接，更是对丈夫数月来食物单调、匮乏的犒劳。

胖虎问我："能做吗？"我去厨房翻找了一阵，说鱼肚、瑶柱什么的阿妈之前寄来的海货里都有，其他的可以去超市买，反正不赶时间，慢慢做就是了。

把风干的海货用温水泡上之后，我和胖虎就穿戴严实地走出了家门。夜幕下的潇潇大雪消除了城市的噪音和脏污，也隔离开了拥挤的街道、楼群。以至于走在寻常的道路上就像穿过寂静的旷野，我们的眼里重新只剩下彼此。

嘎吱嘎吱踩着新雪走了一会儿，胖虎问："对了，你还没说你想吃什么呢。"

我说："我想吃的菜简单，雪里蕻白干炒肉丝。"

他转过脸来看看我，眉毛和睫毛上停着零星的雪花："雪里蕻听着倒是蛮应景的。"

记得小时候的冬天常吃这道菜，那时日子过得慢，什么时令节气都细致讲究，院子里一年到头轮转晾晒着萝卜干、梅干菜、陈皮、香肠、腊肉。等下过一场霜，奶奶就会嘱咐我妈妈去买十几斤雪里蕻。我奶奶生了一双巧手，一样的菜、一样的腌法，就数她做出来的好吃。隔壁四邻的老太太们暗地里较着劲，谁做得了菜都要在院里分享一圈，高下立现。有不服气的跑到我们家来，对着腌菜的小缸琢磨半天也没能看出蹊跷，最后只得一起赞我奶奶生了一双巧手。

说起做法其实也简单，买来的雪里蕻先洗净了，铺在院里晒上四五天，然后一层菜一层盐地放进大肚小口的瓦缸里，最后压上一块石头，再用几层塑料膜封上口就算完事了。

记得有一年入了冬，有天奶奶领着我出去边溜达边晒太阳，来到河堤附近，奶奶走到一块石头跟前又是摸又是看，然后扭头跟我说："我在这里看着，你快回去把你爸叫过来，把这块石头搬回家。"

我领着爸爸过去的时候，只见我奶奶坐在那石头上，像守着一件宝贝，老远就对我爸说："这块石头难得，大小正好，不厚不薄，两面光溜，八成是花岗岩，够瓷实又不掉屑，快搬回去压咸菜。"奶奶为得了一块心仪的石头高兴了好几天。

又过了些日子，吃晚饭的时候不知谁说了句下雪了。大家忽然想起那缸用新石头压着的雪里蕻也有十来天了，便一起提议尝一尝。我妈妈将瓦缸开了封，拎出一坨湿漉漉、墨绿色的腌菜，挤尽汁水切碎，和肉丝、白干炒了一大盘。那咸鲜爽脆的滋味里包裹着家人的心意和新年将至的喜气，不知不觉间我就吃掉了两碗白米饭。

一桌人边吃边赞叹奶奶咸菜腌得好、我妈妈的厨艺好，一盘吃完还不尽兴，又让我妈妈去拎了一把来凉拌了吃。雪天里的厨房比往日更加热闹、温暖，家里养的虎斑猫懒洋洋地卧在噼里啪啦烧着柴火的炉边，赶它都不愿动弹。

我呼出一口白腾腾的云雾，感叹着，那可真是好日子，一生难得的好日子，那时奶奶还没有过世，爸爸妈妈都很年轻，也像孩子似的无忧无虑、纯真热情。不过当时的我并不懂这些，只是看着大人们兴致高，自己也跟着开心。

胖虎说："既然你这么喜欢这道菜，我们也可以学着腌呀。"我抓起一把雪塞进他的衣领，边逃跑边说："除非你也给我找一块十全十美的石头。"胖虎哎哟一声，团了个雪球从身后击中我，高呼着："一言为定。"

从超市买回罐装的雪里蕻和其他食材，我便钻进厨房，以每样原料为线索，小心翼翼地模仿着回忆中的味道。一顿忙乱地烹煮下来，竟也有七八分的相似。

当我端出碗碟走到客厅时，看见胖虎敦实的背影站在窗前，看着一道玻璃之隔的另一个世界不知道在想些什么。窗外的大雪已经止息，留下银装素裹的美景和静好的岁月。那一刻我懂了一个道理，但是并没有对胖虎说，那就是下雪时陪伴在身边的人，一定要好好珍惜。

十六　新加坡的日与夜 ☁

　　檐廊下的阴凉处，深色的木质桌椅一字排开，一边是街道，另一边紧挨着南洋老咖啡的小红楼。选择其中的一张坐下来，阳光就落在脚边，暗处看着亮处，上午十一点钟的街景格外活泼明亮。身后不时传来动听的港台老歌，细细一听是陈百强的《偏偏喜欢你》，配上满眼手写体的"陈记""亨记""东兴"竖版牌匾，恍如置身某部二十世纪八十年代的老电影中。

　　可尽管此情此景风情撩人，我还是提不起半点儿兴致。胖虎端着放满碗碟的托盘走过来，脸上堆满讨好的笑容："妞，来都来了，不如先玩个痛快，将不开心的事放到一边。"

　　我冲他翻翻眼皮："都说要看两个人适不适合结婚，先一块儿出去旅行一趟。可是和你旅行完，我想的是：怎么就嫁给了你？"

　　胖虎说："你肯嫁给我，我也很意外，可这已经是五年前的事了，咱们就翻篇吧。哎呀，妞，这个咖椰黄油吐司绝了，又酥又香，你要不要尝尝？你……是不是还在为上回我们来新加坡的事生气？因为我订了四天一模一样的早餐？因为带你去了三趟同一个小岛？这个温泉蛋也不得了，又滑又嫩、入口即化，你真的不要？"

我说："上回的事待会儿再说，我想问此时此刻我们为什么又在新加坡？为什么要把去日本的计划改成新加坡，并且每天的行程都和上次完全一样？"

胖虎的神情里有些委屈，但并没有因此影响他进食的速度："只有重新来一遍，我才能弥补上次的遗憾和漏洞，等新加坡之行优化完了，我一定带你去别的地方玩。你看今天的早餐多丰盛，是不是比上回那个印度咖喱糊糊强多了？你快尝尝这个豆花，卖豆花的老爷爷已经很老很老了，下回来都不一定吃得到了。"

我拖过来一碗肉骨茶面线埋头吃，把骨头嚼得嘎嘣嘎嘣响。面对胖虎电脑程序一般的逻辑，我决定忍气吞声，免得他又当成漏洞无休无止地修复。而且不仅要忍完这个上午，还要忍完整个行程，这样才能有机会去日本和别的地方。我在心里不停默念"爱是恒久忍耐，忍耐……"

其实这一切的开端都是我没忍住，抱怨胖虎不浪漫，导致人家决意要用一场完美的旅行来证明自己的浪漫，结果却证明了一个理科生浪漫起来简直是场灾难。

回想第一次新加坡之行，出发前胖虎信心满满地说他已经做好了攻略，万无一失，我们的梦幻之旅将从薰衣草酒店开始，我脑中顿时浮现出画面：紫色云雾般的花海掩映着欧式酒店精致俏皮的尖顶，因此当我们拖着行李箱走进一个不足十五平方米、淋浴间小得弯不下腰的房间时，我困惑地看着胖虎。浪漫的名字无法掩盖现实的简陋，酒店方圆一公里内别说薰衣草，连狗尾巴草也没有。

但直到这时我仍然心存幻想，认为这不过是胖虎周全计划中小小的失误，直到三天后跑了无数冤枉路，一天行程满到暴走十个小时，另一天又空出整天去看海底世界，结果二十分钟就看完了，我终于醒悟这不是失误，而是能力问题。我找胖虎摊牌，要他把剩下的行程安排权交给我。谁知胖虎微微一笑，说这些天只是热身，大戏在后面。看他信心满满的样子，我也不忍扫兴，索性看他能开出什么花。

隔天下午，胖虎兴奋地拉我出门了，我问去哪儿，他说去坐"新加坡之眼"，世界上最高的摩天轮。走着走着，只见胖虎面色潮红，越来越激动。我说坐个摩天轮至于吗？这一问胖虎干脆娇羞起来，他吞吞吐吐地说："事情不是这么简单的，你想……就我们俩在封闭的观景舱里，可以……那什么，而且我特意选的这个时间。"

天哪，原来胖虎想要在世界最高的摩天轮上和我一边看着日落一边亲热，我听着都快哭了，他一定是穷尽了关于浪漫的想象才憋出这个计划的。我握紧他的手说我一定尽力配合。

结果一走进观景舱，我们俩都傻眼了，头顶、脚下、前后左右，整个舱都是由玻璃做成的，三百六十度全透明。不仅如此，还有两个不满十岁的小朋友跟我们一起进来了。我强忍住笑，转身对胖虎深情地说道："来吧。"胖虎面如土色地看着两个活蹦乱跳的小孩说："你确定？"

这趟旅行彻底摧垮了胖虎的自信心，执意要给整个行程优化升级，在他的坚持下，我们再次来到新加坡，把上次的行程重走一遍。理科生的执念很可怕吧？我吃着面线，心意已决，这一趟无论安排成什么样，我需要做的都是夸他、夸他，待胖虎重拾自信，我再不动声色地夺回大权，筹备新旅程。不过话说回来，这碗肉骨茶面线真好吃。

既然是对前一趟的重复，风险系数自然小了许多，几天下来既无惊喜，也无差错，要说有什么亮点，那就是游玩之余可以不断尝试新的美食，胖虎先生尤其沉浸其中不能自拔。说起来这里面倒也有些渊源。

1988年海南正式建省，许多战乱时逃到新加坡的侨民纷纷回到家乡支援建设，其中有不少已经在新加坡经营数年餐馆的老板。可惜，接下来的几年海南地产泡沫越吹越大，直至1992、1993年彻底破灭，全省经济也跟着一落千丈。这些拖家带口的侨民，无奈之下只好带着失意重新去新加坡讨生活。因此在胖虎关于儿时的记忆中，美食犹如昙花一现。当他在新加坡吃到地道的海南鸡饭和海南卤面时，那如痴如醉的神情，不知是醉在了美味中，还是醉在了回忆里。

眼看旅行稳稳妥妥接近尾声，我心里按捺不住地阵阵欢快。旅行的最后一天，胖虎说他有一个想法，既然是明早六点的飞机，不如今晚就去机场，樟宜机场是出了名的舒适，而且品牌众多，很值得一逛，可以在那里想逛多久就逛多久，我一听立刻答应了。

到了凌晨两三点钟，购物车里从化妆品到巧克力、衣服收获满满，尽兴之余，阵阵困意袭来，我便和胖虎找了躺椅睡下。睡梦中突然被人拍醒，睁开眼一看，几名全副武装、手拿M4冲锋枪的军人将我们团团围住。我一个激灵坐起来，还以为一夜之间新加坡沦陷了，在紧张和恐惧中听了半天终于弄懂对方要的是"passport"，他们只是夜巡的警察，可这阵势着实吓人。一行人走后，我和胖虎惊恐地看看对方，他生怕我发飙，而我生怕他把此次意外列为漏洞。

这时，安检门开了，我们小心翼翼地起身拎包排队，一路各怀心事，默不作声。直到登上飞机，坐下，系好安全带，我碰了碰胖虎，说："我觉得这趟旅行很完美。"

"那刚才？"

"一个美妙的小插曲，千万别放在心上。"

十七　有你的地方就是家

某天早晨胖虎醒来时，见我正定定地盯着天花板，便问："妞，你在想什么？"我说："我时常醒来的时候都要问一遍自己我是谁，这是哪里，现在是什么年代。"胖虎啧啧感叹："我老婆果然是诗人，醒都醒得这么富有哲理，不像我每回都是被尿憋醒的。"我摇摇头纠正他："这跟诗没关系，是搬家搬的，总是梦里在一个房间，睁开眼是另一个房间，难免恍惚。"

胖虎怯怯地问："你是不是还是怪我没有给你一个家？你不是说过有我的地方就是家吗？"

此话一出，正戳中我的痛处。就在不久前，我刚被我妈说傻，结婚的时候不知道跟胖虎家要房子，弄得现在总是搬家，年纪轻轻脸上就有副颠沛流离的苦相。我很不爽地挑挑眉毛反问："你是过来人，又是我亲妈，怎么不知道帮我要？"我妈说："当初胖虎来我们家的时候，我跟他暗示过，可谁知他像块木头，怎么点都是一副听不懂的样子，那我也不能说得太直白，得照顾你的感受不是？要这要那的又不是卖女儿，可你自个儿应该有这个觉悟呀。"

我将头一昂，特别硬气地说："我不在乎，至少我们的爱情里没有房子的味道。"可转过身，我就悔得捶胸顿足。其实领证前不久，胖虎不信我能就这么嫁给他似的弱弱地问过："你不嫌我没给你一个家？"我居然没羞没臊地答他："有你的地方就是家。"一副"我不要钱"的架势。

现在几经折腾，尝到生活的苦头，我再听到这句话时，不由得悲愤交加，我睨着他："那是客气话，把你当家，睡你身上？我们全家都睡你身上？"

胖虎把头蒙进被子，大呼："我就知道生活不会放过我……"

生活从没搭理过我们，不管我们对她有梦没梦，有期待没期待，有脾气没脾气，新鲜或厌倦，淡然或焦躁，她都是那么不冷不热、我行我素地拨动着时钟，送走夕阳迎来朝霞。起初我和胖虎都年轻，对安定的生活不在意也不向往，反而觉得随时装箱打包，拖着行李就走的姿态充满豪情，没有牵挂也就没有羁绊，自由得像草原上的两只猎豹。后来猎豹跑不过漫长的岁月，渐渐放慢脚步，磨平烈性，变成普天下最平常的一对夫妻，一对混在北京、没有房子的夫妻。这次简短的对话过去没多久我们就又搬家了。

搬家前我拉着胖虎开家庭会议，跟他分析这一次搬家的特殊性，以前我们搬来搬去始终盘踞在朝阳一带，而这回是跨区作业。我们要从朝阳搬到海淀，从东五环搬到西北四环，横跨东城区、西城区，行程差不多三十公里。

我在纸上画了几个圆圈，放下笔，对胖虎说："战线长，范围广，我们对那边的地形环境都不熟悉，从哪儿开始找起呢？"

胖虎倒是很果断地拿起笔在几个大圈旁边画了一个小圈说："两个条件，一是可以步行到地铁站，二是距离我上班的地方车程半小时以内，其他的交给你。"

问我被难住了吗？当然没有，我盯着那些圈圈，在天亮之前想到了方法。第二天一早，我就在手机里下载了北京地铁线路图，然后随着滚滚人流钻进了地下。生活的困境逼迫我们思考，在北京城马路上跑的、车厢里钻的、电梯里挤的，那都不是人，是精，是斗士。生活绷着同一副面孔为难我们，我们却能想出一千万种方法杀出各自的生路。

我的办法就是把胖虎工作地点附近的地铁站标注出来，然后一站一站地出去，找个制高点俯瞰一圈，先锁定大范围，再细细寻找适合居住的小区。据我观察，中关村一带太过混乱；海淀黄庄地铁站紧挨着两三所大学和商圈，租金昂贵；苏州街附近的小区又很老旧。一天下来，我虽说没找到合适的房子，可也排除了几片区域。

第二天我仍然按照这个方法一站一站地逛，不知不觉从海淀五路居的站口走了出去，然后我就愣住了。城市的逼仄、拥挤、喧闹，密集的高楼、人潮瞬间消失了，声音也像被谁突然按了静音键，我置身于一片空旷、荒凉、寂静中，茫然地四处张望。这是地铁六号线的起点站，也是终点站，竟带着宇宙开辟之初的蛮荒抑或是世界尽头的清冷。

我还是习惯性地寻找高处，看见前面有座天桥就爬了上去。天桥上的风更凛冽，眯起眼睛勉强能看见大片正在施工的空地和因车辆稀少而显得路面宽阔的立交桥。这一带鲜少绿化，远处依稀有一些水泥色的楼宇矗立在颜色同样冷峻的地面上。我突然有种错觉，住在那里面的人不是生活在过去，就是生活在未来。我急忙掏出手机给胖虎打电话，免得迷失在这里找不到回去的路。

我迎着风大声问他："你理想中的房子长什么样？别管能不能实现，放开想象说。"

"要有一个很宽敞、很明亮的厨房，里面放着一台三层双拉门的冰箱，有烤箱，墙上挂着整套的德国厨具，像兵器一样寒光闪闪。卧室里有一张长两米宽两米的床，床垫又厚又软。客厅里的沙发也要很宽，这样你把我赶出去的时候我有地方睡觉。下楼就是水果摊和地铁口，再走几步还有超市，旁边一条适合散步的林荫路。租金不能贵，最好在三千以下。"

我听着听着就笑了："不赖嘛，我尽量实现其中一个需求。"说话间，我走回地铁口，离开了这个超现实的地方。

就这样，我找到第四天下午，心仪的房子终于出现了，是个朝南、精装修的一居室，带一个小巧、干净的阳台。小区闹中取静，后门紧挨着知春里地铁站，离胖虎上班的地方只有三站地。周围超市、饭店一应俱全，小区里还种着几棵桃花树，最重要的是租金也在预算内。我兴奋极了，和中介说好第二天一早和房东签约。那一整晚，我又高兴又担心得睡不着，生怕到手的鸭子飞了。

隔天早上，中介火急火燎地打电话让我们快去，说有别人也看上了这套房子。我拉着胖虎一路飞奔过去，中介领着我们没去目的地，却走到附近一栋楼的房间里，告诉我们煮熟的鸭子真的飞了。他的同事带的客人看中了那套房，十分钟之内把一年的租金打给了房东，说先给钱再签约。

"要不你们将就点儿看看这套吧。"

　　我站在窗户朝北、光线昏暗的房间里，耳边突然传来轰隆隆的响声，震得脚下颤动。我问中介："什么声音？"

　　中介不好意思地说："是城铁，窗户关上会好一点儿。"

　　我一下坐到椅子上泣不成声，胖虎过来安慰我："不就是一套房子吗，再找就是了。"

　　"你知道找一套处处都好的房子有多难吗？那个没有先来后到的，那个有钱不去买房的，那个扰乱租房秩序的，他抢走的哪是一套房子，他抢走的是我们的幸福生活，他猪狗不如！"

　　胖虎和中介轮番上来劝都不管用，我下定决心要把这些天来的疲倦、委屈全都哭完。谁说中介都心黑呢，最后这个中介小伙子被我哭得没法了，拍着胸脯说就按那个标准找，一定给我找一套一样一样的。我说你要是哄我呢？小伙子掏出身份证说哄你我退出房产界。

　　故事的结尾是一个大大的圆满，那个小伙子想方设法，最后在自己业务区域以外的地方给我们找到了一套更好的房子。当我把租房合同装进手提包，拉上拉链时，长长地舒了一口气，一切终于尘埃落定。

　　虽然之后的打包搬运也是免不了的混乱、疲惫，但始终伴随着一股奔向新生活的朝气。令我惊奇的是胖虎每天从成堆的纸箱中进进出出，看着忙得底儿朝天的我，竟然找不到一点儿可以帮忙的地方。

　　直到搬家当天，胖虎把自己的东西收拾出两个小纸箱放在门口，然后自己也往门口一坐，指着箱子对我说："想来想去，我觉得能把我自己顺利搬过去，不给你添乱，就是最大的帮忙。"

我气得对搬家工人说："麻烦你们把这两个箱子还有旁边那一只装上车！"

一辆卡车装着我们的所有家当，横穿北京城，途经天安门，驶向未来。我躺在新房子的地板上，被纸箱包围着，感到一阵甜蜜的困意。胖虎也躺在旁边没羞没臊地嚷嚷着好累好累。我突然一个激灵坐起来。

胖虎问："怎么了？"

"床，明天房东才能把床送过来，今晚怎么办？"

胖虎自豪地挺起肚子："谁说老公没用处，来，爬到我身上，我的肚皮可是像龙猫一样软。"

十八　少年，云端和胖虎

事情要从我新书签了约，胖虎买来花猪肉和黑脚鸡庆祝的那晚说起。那天晚上包括那晚之后的许多天，胖虎一直处于很亢奋的状态，不但三天两头拉我出去庆祝，还不时沉浸在新书大卖我火得不要不要的，他作为红人的家属整天被媒体堵在公司门口的幻想中。想着想着，他就傻笑起来，随后又落寞地叹了口气，语气略带忧伤地说："看来我们平静的生活很快就要被打破了。"

除了高兴，胖虎也知道帮忙，兴冲冲地回来跟我说："我们公司有一哥们儿，他的微博上有二十万铁粉，等书出版了一定要请他帮忙好好宣传，还有我那个开连锁店的朋友，让他在店里弄个书架只放你的书，墙上还要贴海报。当然了，我自己先买上五十本送人，不，一百本……"

这本书签得不容易，基本上一个新人该吃的苦头都让我吃了个遍，欢愉的心情也在漫长的焦灼和反复的落空中消磨殆尽。不过现在看到有一个人为我一点点的成果真心实意地开心，在他的感染下，我那已经冷却下来的心逐渐升温，这又重新变成一件值得高兴的事了。

热乎了几天后，这天晚上胖虎回来时神色凝重，有话要说又有些迟疑。问他，半天才艰难地开口："我看了你在网上发的连载，里面的男主角因为打鼓打得好，所以女主角对他动心了。我记得，你前男友也是会打鼓的。"

我愣了愣，若无其事地说："哦，这只是个巧合。"

胖虎还不罢休："我记得听你说过，你们以前经常一块儿听摇滚现场，书里……"

我打断他："也是巧合。"

"那爱好骑单车也是巧合吗？我觉得，你写的是你和前男友的故事。"说完胖虎转身走进卧室关上门不再理我。临睡觉时，我走过去拉拉胖虎的衣角，他背过身去仍是生气。

"别气了，小说都是假的，我前男友哪有陈羽寒那么帅、那么好？"见他不作声，我只好继续开导，"写作的人很难跟不写作的人解释创作这回事，小说都是虚构的，这一点毋庸置疑，可是写作的素材又是从作者的生活和经验中来的，所以总得向现实里借上一鳞半爪吧？你也不能因为看到了一点儿线索就认为全篇都是写实呀。"

胖虎瓮声瓮气地说："我不管，反正我不想看到你前男友的影子，更不喜欢你们俩之间有故事。"他仍是一副不能释怀的臭样子。

我委屈地说："谁没有前任呢？我跟前男友在一起的时候，你不也正跟前任花前月下呢吗，小肚鸡肠，哼。"

事情巧得很，就在我们冷战两天后，编辑给我打电话说社里出了一点儿状况，出版也许要延期或者取消。我把一腔怒气、怨气泄洪般倾倒在胖虎身上："这下如你所愿，书不出了，一会儿我就刨个坑把电脑埋进土里，你不喜欢的故事永远不会被别人看到了。"

胖虎不相信地问："是……真的吗？"

"是真的，你杀死了我的梦想。"

胖虎小心翼翼地纠正道："不是我杀的，是出版社的人杀的。"

有了这段插曲，当出版流程再次启动的时候，见识过我意志消沉的胖虎再也不敢对书的内容妄加评论，两害相较，他很明智地选择了支持我的梦想，但这并不代表他过了自己心里那一关，对我的前任的恨意和嫉妒心时不时就会浮上水面冒个泡泡。

比如起书名的时候，我问他的意见，他斟酌许久说："叫'夏殇'如何？或者'六月飞雪'。"

我朝他翻了个白眼，他却振振有词："在我眼里，这故事就是一个悲剧。"

又比如有天晚上我灵光一现拿起手机给编辑打电话："我刚想到一个书名叫"时光里，只有你和我"。"我正和编辑聊着，已经躺下的胖虎从床上跳下来，从卧室探出头大声问："时光里只有你和谁？我在哪儿？"

还有一回，胖虎突然凑上来耳语道："故事里男女主人公最后在一起了吗？能不能改成走散了或者男主角变成了植物人？死了也行。比起大团圆，其实大家更喜欢凄美的结局。"

我实在忍无可忍，抓起枕头蒙住他肉乎乎的脸："胖虎，你到底有完没完，请你不要再干涉我的作品。"

接下来的一段时间，胖虎总算消停了一阵，只是比起之前大张旗鼓逢人便说"我老婆要出书了"的姿态，变得低调、严谨了许多，任凭别人问书名叫什么、什么时间上市都不肯松口。

我说："你这个样子还是放不下嘛。"

胖虎说："不是放不下，是保持中立，不支持也不反对。"

我警觉地问："那么，宣传的事怎么办？你还愿意找那个同事帮忙吗？有二十万粉丝的微博主可是很宝贵的呢。"

胖虎很镇定地说："这个你放心，我已经想好了，也保持中立。我请他吃两顿饭，一顿饭请他大力宣传，另一顿饭请他对认识我的人守口如瓶。"

我点点头，不得不佩服他思路清晰、逻辑缜密。

就这样，胖虎抱着中立原则，和我一直相安无事直到新书出版上市。这天见我正喜气洋洋地练习签名，胖虎慢悠悠地踱过来装作不经意地问："书名最后定的是什么？"

"《我的云端少年》，你觉得怎么样？"

胖虎竟然难得地点头赞许："我觉得挺不错的。"随即他很诚恳地对我说，"我想明白了，小说是小说，现实是现实，两者其实没有多少关联。"

我讶异地看着他："你竟然短短时间有这么高的觉悟？"

胖虎笑眯眯地说："那我也给你讲个故事好吗？有一个少年和一只鲸坐在云端谈天，有说有笑，聊得很开心。这时候呢一只老虎飘了起来，也飘到了云端上。他看见这只鲸又大又漂亮，也很想和她聊天，可是她正和少年聊得火热，怎么办呢？于是这只老虎飘过去，一脚把少年从云端踹了下去，然后他就坐到了鲸的身边，从此云端上只有鲸和老虎，再也看不见少年的身影。"

　　说完，胖虎冷笑一声，扬长而去。空气中悠悠飘来一句："我这个故事就叫作《没有少年的云端》。"

十九　我与婆婆的爱恨情仇

　　我决定提前一个月回海南，于是边订机票边煞有介事地对胖虎说："我想我婆婆了，我得早点儿回去看看她。"

　　胖虎毫不留情地拆穿我："你这个虚情假意的女人，不就是被冻得受不了了，想快点儿回去过冬吗？"

　　好吧，我承认和婆婆的相处自始至终都充斥着浮夸的演技，可是，我对胖虎一伸手："虚情假意总比无情无义好，快把工资卡交出来，我得给我婆婆买件像样的新年礼物，保我接下来的一个月鱼、肉不停，水果不断。"

　　说起我如今应对婆婆时的老到娴熟、张弛有度，那可不是一天两天练成的。记得当初胖虎第一次带我回家的时候，路上犹豫了半天，终于忍不住吞吞吐吐地说："我还是跟你说两个我妈的故事吧，你好有个心理准备。第一件事是我小时候有一年我妈想在镇上的学校附近买块地，不巧赶上镇长集资盖酒店被骗了钱，整天忙着追债没心思理会我妈的事。于是我妈隔三岔五就去镇长家聊天，有时带上我，有时自己去，镇长在就和镇长聊，镇长不在就和镇长的老婆、妈妈聊，也不提买地的事，就聊家常。聊到第四年，镇长服气了，帮我妈办了事，还称赞她是海南女人里的佼佼者，说她锲而不舍的精神多次鼓舞了自己追债的信念。

"另一件事是有一回我惹到我妈了，被她一路追着躲进卧室锁上房门，可她还不罢休，从气窗往房间里扔椰子，是真的足球大小的椰子，一个起码五六斤重，被砸到脑袋的话，不死也会变成傻子，我钻到床底下才幸免于难。

"跟你说这两个故事，是想让你提前感受一下我妈的性格，首先她是一个执着的人，较起劲儿来绝对不会先服软，而一旦发起狠来，可是连亲生儿子都不放过的。"

我吞了口唾沫，擦了擦手心里的汗，说："你不用吓我，你有没有告诉你妈我也是家中一霸，五岁那年我妈就给我起了封号叫'丫王'，至今无人敢僭越。"

胖虎露出深以为然的表情："我懂，我懂，小的就是给你提个醒。"

我嘴上虽然这么叫嚣，可心里难免犯怵，怀揣着一腔忐忑走到胖虎家，待亲眼见到虎母其人，便立刻信了胖虎的话。虎母身材短小，但身形浑圆敦实，一路腾腾腾捶着地走过来，我脑中莫名浮现出树桩、千斤顶、铁饼、掘地机之类的形象。

"来啦？"虎母一声招呼，声音洪亮，中气十足。我俩面对面站着，微笑着上下打量彼此，暗中掂了掂对方。我比虎母足足高出一头，几乎俯视，按说在对视中占有优势，可对方自下而上投来的目光气势上却没有分毫减弱。我的情商告诉我，此事只可巧取。

婆媳见面不同于女婿见岳父，男人之间讲究速战速决，刚碰面时杀气腾腾，硝烟四起，可真的接纳了彼此也就相安无事了。而婆媳间的较量却是旷日持久，无孔不入的。女人心思多变，一开始倒是风和日丽，随着互动的频繁，矛盾也逐步产生。所以呢，礼物要买，礼貌要讲，贤惠要装，可仅凭这些是远远不够的。

趁着胖虎和他父母，加上我四个人坐齐了吃饭，我开始暗中观察这一家人的格局。打听了一圈属相我就乐了，胖虎属虎，虎母竟然也属虎，而我未来的公公属羊，两虎一羊的组合真是跟和谐毫不沾边呢。更有趣的是三人的性格和各自的属相十分吻合。胖虎与虎母刚烈好胜，大事小事都要分出个胜负，而我公公温良敏感，事事谦让，可即便这样，依然免不了被某只老虎欺凌，三人同处一室时更是上演着一出活生生的动物世界。

我很腹黑地琢磨，有矛盾比没矛盾好，不团结比团结好，不团结才有缝可钻，有队可站，可拉拢，可博弈，可制衡。如果是抱团抱成石头的一家人，我就只有事事听从大部分人意见的份儿了。

我的第一个策略是集结一切力量和虎母对抗，第一步便是和同为食草动物的羊结成联盟。也许有人要问为什么不借助胖虎的力量呢？理由是此刻胖虎的处境相当微妙，婆媳间的纷争皆因他而起，胖虎帮了一边就会得罪另一边，搞不好我和婆婆的关系会恶化，因此我按住跃跃欲试的胖虎说："你不要轻举妄动。"

在和婆婆的第一场争辩中，我向我的食草同盟抛去橄榄枝，那次争辩的主题是春节回谁家。不要害怕争辩，最初互不了解的双方磨合、试探，发生几场争辩合情合理，只要保持冷静，阐明自己的原则、立场、底线，不失为一种沟通方式。我说我也是家里的独女，二十多年来春节一直和父母一起过，他们突然见不着我了肯定很难过。婆婆说胖虎三代单传，春节必定要进祠堂祭祖，不能断了香火。双方据理力争，僵持不下。

争吵的间隙我和婆婆说累了，各自占据客厅一角休息，这时那只羊从房间里走出来站到客厅中央对着空气小声调解："这个问题可以找个折中的办法，一年你家，一年我家嘛。"

我一看机会来了，喜出望外，急忙大声附和："您说得有道理，这样最公平，我赞成。"

可怜我公公又黑又瘦，因为长期被两只老虎欺凌，畏惧的神色已写入皱纹。他本想息事宁人，并不愿搅进战局，更无意结盟，此时被我的声音一惊，警惕地看了我一眼，便迅速退回到自己的房间，任凭外面再怎么吵闹都不再出来了。就这样，我吓跑了唯一的盟友。

胖虎见我垂头丧气，凑上来说："你这招不管用。我再跟你说另一个关于我妈的故事吧。有一年我爸家里上上下下看不惯我妈作威作福，决定联手。于是大家围成一圈声讨我妈，结果我妈一舌战群雄，逐个击破，只用了一个下午，我爸一家全军覆灭。从那以后我爸就彻底放弃抵抗了，你现在找他一块儿挑衅？他才不会理你一个小丫头呢。所以，你千万别站到我妈的对立面去。"

我灵光一闪："要不，我跟你妈站到一块儿去？"

胖虎挥挥手："对付我爸，我妈一人绰绰有余。"

"不是对付羊，是对付你。我助我婆婆把你驯服了，她还能不接纳我？要不咱们试试？"

胖虎一咬牙："试试就试试，牺牲我一个，幸福一大家。"

两天后胖虎扯着旗子起义了，说住在家里不自由，往后回来要搬出去住。虎母哪能答应？立刻就炸毛了，吵到不可开交时，我呵斥胖虎："你以为妈妈愿意操心你吃饭、穿衣，还不是疼你、爱你？你怎么这么不懂事、不孝顺呢？"

然后我和胖虎屏息凝神地观察着我婆婆的反应。只见我婆婆愣了愣，转过脸来看了我一眼，那眼神，分明是看自己人的眼神。

取得初步胜利，我和胖虎击掌相庆，我说："偶尔你也欺负欺负我，激发我婆婆的同情心，如果她肯出手相救，就说明真把我当成同一条战线上的了。"

不过这只是柔顺的一面，我的第二个策略是柔中带刚，该坚守的原则绝不退让，该较劲的地方绝不手软。虽然要尽力展现贤惠勤劳的一面，但是如果遇到不爱干的活儿也是不能委屈自己的，比如刷碗。不管吃完饭围着饭桌聊多久，我都稳稳当当地坐着，绝不先起身收拾。有一回婆婆忍不住说："用我们本地这种青橘洗碗去油最好，还不伤手，来来，我教你。"我转身就往客厅跑："是吗？好神奇，胖虎，你理科那么好，快来看看这是什么原理呢。"

又有一天我和婆婆在厨房里交锋了。婆婆要往汤里放盐。

我说："等炖好了再放，盐煮久了会产生亚硝酸盐，对健康不利。"

婆婆说："我学过化学，盐的化学性质很稳定。"

我说："再说，盐也会阻止肉类的蛋白质充分释放。"

婆婆说："你不要扯那么多，几十年我都是这么做汤的。"

胖虎闻声跑进厨房，胖乎乎的身躯敏捷地挤到我和婆婆之间：

"都一样，都一样，要不先放一半后放一半，吃饭要紧。"

晚上回到房间，我跟胖虎解释："在你眼里这只是什么时候放盐的事，可在我眼里这关系到我在厨房的话语权，你得帮我。"

胖虎点头："行，下次先放四成，再放六成。这样你就比我妈多了两成话语权。"

"三七？"

"也行，不过我得先去搞个毫克秤。"

"那二八？"

胖虎正色道："她毕竟是我妈，你不要欺负她，最多三七。"

"行，三七就三七，我多占四成呢。"

一段时间后，我向胖虎打探婆婆对我的私评，胖虎眯起小眼睛，想了想说："不错，我妈觉得你像她年轻的时候，真性情。"

我高兴地把脑袋搭在胖虎的肩膀上，心想如此算是把婆媳关系收拾妥帖了。如要总结的话，全程最大的难点就在于不失自我，虽然开始会遇到重重阻力，但是要对婆婆的忍耐力抱有信心，一旦被她包容、接受，下面的事就会顺畅许多。

我回到海南半个多月后，有天胖虎打来视频电话，我赶紧跑到婆婆旁边挨着她坐下来，屏幕上我热情洋溢的笑和婆婆一脸的困惑对比鲜明。我说："胖虎，你就放心吧，我们好着呢，是不是呀妈？"胖虎说："你就演吧，以为我看不出来吗？"可脸上的笑容却分明表示他很乐于看到这幅画面。

二十　写给我丈夫的情书

　　我缓缓眨动沉重的眼皮，等待梦境的余温褪去，接着晃晃脚动动手指，感觉着身体的各个部分从长时间的睡眠中苏醒过来。借着余光，我能看到一具庞然大物卧在旁边，其实不必用眼睛，即使背对着它醒来，我也能感受到这具躯体的气息。这种熟悉感，经过成百上千次的重复早已不需要靠意识去分辨。你从一个闯入者变成我的世界里一个岿然不动的存在，而这个过程花了七年时间。依照目前的情形看，我们之间还会有很多个七年，这意味着我将从更多个排山倒海的一模一样的早晨醒来，身边无一例外地躺着一个犹如巨鲸搁浅的你。

　　一丝忐忑和恐惧从我心头掠过，因为这既超过了我与任何一个男人交往的经验，也超出了我对一段关系的想象。无从把握的事使我深感不安，于是我上上下下地打量你，盯着你对我的忧虑浑然不知的脸，试图弄清楚对这个在我的人生中占据了史诗般篇幅的男人到底怀着怎样的感情。

最近你似乎缺乏安全感，好好的突然就问："妞，你爱我吗？"问得我有点儿发愣，在实话和息事宁人之间徘徊旋转，最后只好搪塞你："这……怎么说呢？"是呀，怎么说呢？当你胖到一百八十斤的时候，我对你的嫌弃是真的；当我倾吐心事你却不屑一顾时，我的眼泪是真的；当同样的错你明知故犯的时候，我的愤怒也是真的。与其说爱或者不爱，不如说我在不断地重新爱上你。

为什么你会问这种婆婆妈妈的问题呢？我琢磨来琢磨去，大约和我的离家出走有关。前些日子，我在婚姻里挣扎得厉害，一次次无意中冒出来的欧巴桑行径，争吵中不断突破升级的凶悍恶毒，种种迹象都预示着我的少女时代气数将尽，这使我忧愁、烦恼、悲愤交加。而罪魁祸首除了你还有谁？可是面对我的指责，你总是露出一副令人崩溃的"别闹了"的神情，于是从那时起，我萌生了离开你的念头。

可我是一个表面张牙舞爪，实际怯懦传统的女人，所以一开始不敢跑太远。我借口去朋友家吃饭聊天顺便过夜，就匆匆收拾了包裹出门，临走还不忘告诉你，朋友的姓名、电话、详细住址。可是懵懂如你，竟然看不出这是我的蓄意出走，反而当成不可多得的自由时光，每次抓起电话召集队友的间隙欣欣然嘱咐一句"路上注意安全"。

再后来我胆子更大了，开始脱离熟悉的地域住酒店，却仍然收效甚微，你除了表达一点儿困惑，并没有其他反应。写到这里，我不禁心生疑问，既然是离家出走，那就一走了之好了，还想要什么效果呢，难道是要你锣鼓喧天地欢送不成？我摇摇头，其实潜意识里我希望你拦住我。

随着对你的反应一再失望和勇气不断升级，终于在一次争吵完我开始看机票，不过看了三四个月始终没有按下确认键，因为这对我来说是不小的一步，一旦迈出，多少有不可挽回的意味。渐渐地这件事终于引起了你的注意，因为一吵架我就去看手机，你很好奇我在看什么。几次凑过来之后你竟然笑了，说："越跑越远了嘛，以前只看华北，后来看华西、华南，现在改看国际航班了。"你笑声里的轻佻和嘲讽激怒了我，我当即下了单。

第二天，我强忍着早起的困意和对不必要花销的心疼奔向机场，仿佛自导自演一场荒诞剧。到达目的地后，我也没有一点儿观光度假的心情，买上一堆零食直奔酒店房间，每一晚都在感叹人生毫无意义的失眠中度过。不过这次你真的着急了，狂发消息、打电话追问我的下落，还辗转让我闺密打听酒店地址。我一概不回、不接，全靠计划得逞的一点儿得意支撑着随时会垮掉的意志。熬到第五天，我给你发消息："今晚回去。"你回复："好的。"

我能感觉到你失而复得的狂喜，因为回复过于简短，怎么看都是欲盖弥彰。果然，那晚你带着三种水果和一个奶油蛋糕站在机场出口处探头探脑，看到我后两眼放光。我骄矜地走过去，心里却暗暗担忧包袱抖得太早，往后漫长的岁月里不知还有什么能震慑住你的大招。

就是从那以后，你开始时不时问我爱不爱你。你对爱的认知一向匮乏，虽有一颗心却只懂胡乱模仿一些爱的形式，不得要领。记得坐在去往大苍山山顶的缆车里，我们第一次聊这个话题。我说我长在一个爱情破灭的家庭，所以不相信永远，你说你长在一个没

110

有爱情的家庭，所以不知道这种东西的存在。我们在一条无望的路上慢慢试探，摸索得异常艰辛，就像黑暗中两个光点相互找寻、纠缠、碰撞，直到有一天你说我是你人生的灯塔，遇到我之前没有方向；我说你是我灵魂的锚，遇到你之前一切虚无缥缈，这才拨云见日，明朗了。

　　情话你倒是说了不少，不过我都没往心里去，因为你们男人为了哄女孩子上床，什么话都说得出口。只有一次，我们正吃着饭，你突然说："妞，你还记得我们刚认识那会儿吗，我问你你真正的梦想是什么，你说你还是最想当一个作家，我说那就当呀。可你叹了口气，说写作挣不到钱，至少刚开始的两三年里挣不到钱，除非有人能保障你的生活，可是又有谁呢？当时我连自己都养不活，就没接话，可是现在我终于能做到了，妞，我真高兴。"

　　当时我正低着头平静地喝汤，尽量一口一口喝得波澜不惊，这是我听过的最动人的情话，我会铭记一辈子，不过不想让你看出我内心的感动，在深处的且让它留在深处。

　　而我对你的情话，已经很久没有说出像样的一句了，它们悄悄变成了不起眼儿的、日复一日惦念的琐碎，比如赶在你匆匆出门前往你口袋里装一颗煮鸡蛋，比如开饭前的五分钟先盛出你的米饭凉着，免得烫嘴。你可以习惯不在意甚至忘记，可总有那一天、一刻，你会懂得这平凡里别有天地。

　　你偶尔还是会说疯话，什么为我生为我死之类惨烈悲壮的话，往往说在受到挫折后，比如买回来的鸡蛋不新鲜被我数落了一顿，抑或是翻开衣服的吊牌拉起我就走，这时你在沮丧之余会寻找自己别的用途，拿出一条命和英雄梦来叫嚣。这是你抗争的方式，对假想的敌人挥挥战旗，仿佛你的自由、你原始的血性还在。谁叫我们甘愿为了彼此堕落到俗世里讨生活呢？

我看了看时间，还有两分钟就该叫醒你去上班了，我朝你靠过去，把脸贴在你的胳膊上，不知道你醒来时第一句话会对我说什么，会问我爱不爱你吗？这……怎么说呢？饭局上我笨嘴拙舌闹了尴尬，你的圆场是真的；我在厨房出了大动静，你匆匆跑来的脚步声是真的；我失业困窘时，你递过来的银行卡也是真的。

我从没想过有一份感情竟能使爱这么磅礴极致的字眼也显得单薄。我听着你的呼噜声，心里涌起阵阵内疚，为把自己生命的重量叠加在你的之上而内疚，虽然你只是皱皱眉头一句抱怨也不曾有过。也许是我不愿意承认有些苦是宿命式的苦，我们被牢牢绑在时间的传送带上，不论愿不愿意都要面对昼与夜的重复和生活的单调，它们早晚会袭来，与嫁不嫁你并没有关系。可我自私地把一切痛苦的根源归咎于你，好留给自己一个缥缈的希望。对此你依然表现得毫不在意，我问你是不是对痛苦很迟钝，你说不是感觉不到，而是选择吞掉它们，就像天狗吞月亮那样毫不迟疑一口吞下。"不要咀嚼痛苦，不然只会越来越苦。"你一本正经地告诫我。

"天狗，醒醒，去上班了。"我毫不客气地拍打着你。

你极不情愿地扭动身躯："困死了……你叫我什么？"

"天狗呀，把早起的痛苦当月亮一样吞掉的天狗。"

内疚归内疚，可我恐怕也只能将错就错下去了，因为陪我一起困在这循环无休的早晨和这张床上的，只有你。

二十一　乡下之远生活之近 ☁

　　一顿晚饭吃到天色将尽，阿妈抬眼往远处望望说："快要下露水了，你们赶紧去收衣服，海边的露水咸重，伤衣服。"我和胖虎便乖乖起了身，待来回几趟把晾干的衣物收进屋，再转身时院子里已经黑得犹如刚刚落下黑丝绒的天幕。我和胖虎久在北京居住，瞬间被这乡下的夜晚迷住，索性搬了两张凳子在院落里坐下。

　　这是年三十的前一天，我们回到胖虎的乡下老家过年。虽然这个海边的小渔村从琼海往南驱车半小时就能到达，却僻静得如同鲁滨孙流落的那座荒岛。夜晚黑极了，尽管屋里开着灯，天上也有星星，但紧贴着光线的边缘就是深不见底的黑。这片黑从未被城市的灯光搅扰过，黑得原始、彻底，亘古广袤，它与宇宙深处连成一片，散发出深沉孤冷的气质。

　　银河很清晰，像嵌满碎钻的丝巾恣意徜徉在云端。我和胖虎认真辨认了一会儿北斗七星和北极星，从北京带回来的芜杂的内心渐渐只剩下清朗的星空。放下了放不下的，也忘掉了原本计划去做的，只守着此时此刻，守着蟋蟀的叫声和角落里几只鸡睡梦中的低鸣，听不见海浪声，然而嗅着空气里的咸味就知道大海在不远处。

风很清凉，拂过肩头的同时能听见从椰子树高高的树冠传来的唰唰的响声。村里有成千上万棵椰子树，都是村民们种下的。不过和这村里所有的事情一样，这椰子树也种得随心所欲，家家户户的夹杂在一起，分不出你我。于是大家不得不年年在自家的树上做一遍记号，免得混淆。

今天下午阿爸就提着一罐红漆去找椰子树了，我和胖虎凑热闹地跟在后面。细看之下，果然每棵树上都有记号，三角形、圆圈、字母，一本正经地表明各自的身份。阿爸刚想像往年一样画个十字，胖虎提议今年搞点儿创意，画个棒棒糖。阿爸瞅了他一眼，迟疑了片刻还是同意了，举着刷子在树皮上绕圈圈。

这时我发现几棵树上有不同的符号交叠在一起，就问胖虎："怎么回事？"

胖虎不以为然地说："那些树别人家已经做过记号，但是我爷爷坚持说是我们家的，所以呢，归属权有争议。"

"那结的椰子算谁的？"

"谁想摘了就摘，摘几个也给别人留几个。"

我笑："这样倒也公平。早知道如此，种的时候为什么不划清区域呢？"

胖虎一甩手说："谁管那么多？"

想想也是，在这里连空气都是散漫的，谁要管那么多？一切，处处，哪儿都充满自由的意志。同一棵树上的木瓜，大的要两只手才能抱住，小的仅能握在掌心里。地里的萝卜有L形的、S形的，长成什么样的都有，还有的长到半截开了叉，仿佛生出两条腿，一不留神就要溜掉。我看着这些任性的家伙，心说真是没有规矩不成方圆，你们瞧瞧北京超市里的那些萝卜，一溜溜的笔直粗壮，好像一声令下就能列队操练。

它们不理我，仍是一副野蛮生长的姿态，但我不得不承认这些沾着泥土的果子有着旺盛、鲜活的生命力，并且，味道鲜甜至极。

乡下的烹饪方式拙朴粗犷，调味料不外乎盐、糖和酱油，吃着吃着，食物原本的味道就出来了。由于生长的过程不被干涉，加之灌溉的水源纯净，在这里萝卜是萝卜的味道，青菜是青菜的味道，西红柿是西红柿的味道，久在高级酱料里浸泡的舌头乍一碰到这些清冽的滋味先是迷茫了片刻，随后便像被唤醒了某种回忆般痴迷起来。

不只蔬菜如此，就连鸡、鸭、猪脚、乌贼、鱼、虾这些肉类也敢只用清水煮过或者油锅里炒一炒就端上桌，佐一点儿山茶油让味蕾神魂颠倒。如果不是滋味纯粹，怕是难有这样的底气。

我瞥了一眼院角的簸箕，几只肥硕的公鸡睡得正香，或许是仗着自己味鲜肉美，个个神情里透着雍容傲慢。也怪平日里爷爷对它们太好，每天早早起来把木薯切成小丁，再配上稻谷和白菜叶喂给它们，到了偏午就放它们去椰林里觅点儿蚯蚓、小虫之类的活食，如此荤素搭配，膳食均衡，几只鸡被宠得毛羽鲜亮、膘肥肉厚，每只足有六七斤重，平常旁若无人地在村里散步，不大声吆喝绝不避让。我咽了下口水，问胖虎何时宰掉，胖虎说："别急，明天一早祭完祖就能吃上了。"

第二天早上，我和胖虎被外面的声响吵醒，睡眼惺忪地走出去，见院子里爷爷在杀鸡，阿爸在劈螃蟹，早晨柔薄的阳光下刀起刀落，并没发现杀气，反而有种生动的繁荣。阿爸听见脚步声，头也不回地说："睡到这个点才起真是可惜，你们不知道早上的海有多好，沙滩上到处是飞毛腿蟹，还有打鱼的船刚回来，什么好东西都有。"

胖虎打着哈欠应付："好好，明天就去。"

我拉拉他说："昨晚起夜经过院子，看见有个毛茸茸的东西在偷吃鸡食，见到人了一下逃走了，好长的一条尾巴，光线太暗我又迷糊着，不知道是什么。"

胖虎说："黄鼠狼吧。"

阿爸不同意："要是黄鼠狼，鸡就该叫了，应该是松鼠。"

爷爷咳嗽一声，笃定地说："是狐狸。"

大家一边断着这桩悬案，一边不紧不慢地准备好祭祖的物件。我换上红裙子，抹上口红，打算艳压全村，胖虎一回头看见我，忽然面露难色，吞吞吐吐地说："要不你在家里休息吧，女人不用进祠堂拜的。"

我不满地抗议道："你们竟敢光天化日之下重男轻女？这是封建陋习。"

胖虎小声哄道："是陋习是陋习，我还羡慕你不用去，你在家待着，我下午带你去看海龟，我叔家养了只小海龟，特别可爱。"

我看了一眼箩筐里金黄的水煮鸡说："那中午我要吃两个鸡腿。"说罢，我潇洒地转身离去。

乡下的下午格外漫长、静谧，长得仿佛时间屏住了呼吸，万物息止了。我和胖虎无所事事，躺回床上午睡。隔着窗户的彩色玻璃能看见院里晾晒着的被单像微风下的海面一样轻轻翻滚。

我小声念叨："胖虎，昨天我在厨房的时候有只蝙蝠飞进来了，绕了一圈又飞走了，像是来巡视我们的饭菜。我发现木瓜树上长着很多心形的图案，二爷爷家做的年糕你吃了吗？用油两面煎一下，那个香呀。"

胖虎说："你真啰唆，睡觉吧，睡醒了我劈椰子给你吃，今年刚学会的，一会儿让你看看我的功夫。"

"我想说的是，这里的一切都不一样，吃的、看见的、谈论的，连做的梦都不一样。很放松、很舒服，这才是最理想的生活，真想赖在这里不走了。"

胖虎盯着帐顶说："我爷爷说在海里什么东西活久了就成了精，据说深海里有一种很大很大的蚌，都不知道活了多少年了，蚌壳里养着一颗大珍珠。等到月光明亮的晚上这蚌就从深海浮到海面上晒月亮，把月光都吸收到珍珠里。天长日久，这珠子就成了夜明珠，自己在黑暗里就能发光。这种珍珠是稀世宝物，没几个人见过。"

"这和我刚才的话毫不相干呀。"

胖虎继续说下去："从小我就喜欢回老家，当然知道这里的日子舒服。但活着不能只为生活吧？"

"还为什么，夜明珠？"

"对，夜明珠。有人愿意在岸上待着，也有人愿意一头扎进海里，虽然又黑又冷，但是有光在吸引他们，夜明珠在那里发着光。"

二十二　一个理科生的智商下限

　　胖虎让人欺负了，他一进门我就觉得气氛不对，整个人脚步拖沓，眉眼低垂，连头上常年旁逸斜出的一缕发尖也有些耷拉。胖虎是一个坚强乐观的人，在我这儿天崩地裂的事说给他听，他也只是微微一笑，一脸豁达。因此，看到他这副模样，我心里直打鼓，赶紧迎上去问了几个生死攸关的问题："投资人跑了？诈骗团伙让你汇钱啦？"胖虎摇头，我松了一口气，却又不禁好奇："那是因为什么？"

　　只见他脸上流露出一种复杂的、混合着屈辱和羞赧的神情，小声嗫嚅："我被一个司机骗了。"

　　我急忙过去扶他："别哭别哭，坐下来慢慢说，我替你做主。"

　　胖虎感激地看了我一眼，开始诉说他的遭遇："今天下了班我走出公司大楼，到路边拦了一辆出租车。上车后我跟他说了家里的地址就掏出手机玩游戏，一路上他也什么都没说。等到了地方给钱的时候我给他一张一百的，他翻来覆去地看，最后还给我说是假的。我也没在意，就又给了他一张，他看了会儿说还是假的。我就嘀咕刚从取款机取的钱怎么会是假的呢？司机就说银行最会骗人了，你再给我一百吧。我觉得他说得没错，又给了他一张，这回总算是真的了，我就松了口气。司机找给我五十，我就下车了。"

我翻他一眼："被骗了两百块钱呗。"胖虎把头压得更低了，小声说："他找给我的五十也是假的。"我无语地看着他，想了半天也没能想出一句能形容我当下反应的话。倒是胖虎回过神似的愤怒地叫了起来："他在羞辱我！"不过，一秒钟后他就重新低下头去，"他羞辱了我的智商。"是的，理科生的智商是神圣不可玷污的。

如果你和理科生深入地打过交道就不难理解，他们之所以敢于披头散发、衣冠不整、肥胖邋遢、言行无状，并非因为不在乎别人的目光，而是有一块长板在支撑着他们全部的骄傲，那就是智商。他们信奉所有的粗糙恰恰是以一种漫不经心的潇洒姿态烘托着高贵的智商。想象一下，一个不修边幅的天才是多么性感？那种迷人的优越感，就如同一个女人刚刚睡醒也是绝色。

所以胖虎被击中了，一连三天都对这件事念叨个没完，一再强调是因为自己沉浸在游戏中疏忽大意，而并非脑力不够。我看着胖虎若有所失、惶惶不安的神色，回忆起以往夸赞他聪明时他恨不得长出一条尾巴来甩的情形，就有点儿于心不忍。

我安抚他："你其实很机灵的，从小就是。今年回老家的时候，阿妈给我讲了一个你小时候的故事，说呀，那年你也就五六岁吧，长得虎头虎脑的，有天一走到院子就看见隔壁家小孩在啃一个鸭腿。你上去把那个小男孩打倒在地，抢了他手里的鸭腿边吃边往家走。阿妈问你哪儿来的鸭腿，你爽快地回答是隔壁阿姨给的，接着把剩下的鸭腿塞到阿妈手里，说：'妈妈，这么好吃的东西，我让给你吃。'隔壁的阿姨带着儿子到你家兴师问罪的时候，就看见阿妈正感动地啃着那只鸭腿。所以说胖虎，这种胆识和谋略，真不是普通小孩能有的。"

被这么一鼓舞，胖虎神情舒展，慢慢挺直了背，接着东嗅嗅西嗅嗅，说："什么东西这么臭啊？"我疑惑："没有哇。"可胖虎坚持他的判断，凑近垃圾桶闻闻，又拎起鞋子闻闻，抱着脚闻闻，接着到厨房、洗手间转了一圈，说道："怎么到处都这么臭啊？"为了谨慎起见，我也跟着他四处闻了一遍，却是一头雾水。接下来，我们为这个问题争论了近三个小时，来回主题不过是表达对自己感官系统的自信和对对方的质疑，那是我第一次真心希望婚姻由三个人组成，免得所有纷争只有天知地知你知我知，最后只能演变成为一场冗长的没有结论的辩论。

当我绝望、精疲力尽地爬到床上时，只见胖虎挖挖鼻孔，又惊又喜地叫起来："我明白了，是鼻屎，原来我被自己的鼻屎臭到了。"我说："你离我远点儿，我怕被传染。"胖虎不解，我瞪他："蠢癌，我真的是被你蠢到啦。"

胖虎觉得有点儿委屈，悻悻地爬上床，背对着我，幽怨地叹出一口气说："我也觉得自己有点儿不对劲。"接着这货思索片刻，居然开始对我发难，"我之所以变笨，都是因为被你过度使用，拿我当洗碗工、搬运工、垃圾处理器，还滥用我的脑力在逛街时帮你算折后价，看电影给你解释剧情逻辑，我的脑袋是用来干这些的吗？"末了，胖虎愤愤地总结道，"是家庭生活，是婚姻掠夺了我的智商，"隔了两秒，他又补充道，"和自由。"

我当然不能容忍他这般挑衅，不紧不慢地反驳道："自古忧劳兴国，逸豫亡身，还没听说过谁用脑子用笨了的，我觉得恰恰相反，正是因为老婆我跑前跑后把你照顾得太安逸，从不让你操心粮食和蔬菜，才使你智商下滑得厉害。"

自然这又是一场无果的博弈，胖虎变笨的原因成了谜。但是我们不能停在这里，我拍拍他的肚子鼓励他："振作点儿，即使变笨了，也要过下去呀。"

就在我们把这件事抛到脑后的时候，有天晚上我凑巧和胖虎的两个同事吃饭。吃到中途气氛渐渐热络起来，瘦瘦的那个男生开始倾吐他的烦恼，说为什么想尽办法都找不到女朋友，但凡朋友婚礼、聚会他从不缺席，相亲也不下二十次了，可就是碰不到一个自己喜欢他的。

这时另一个胖胖的男生笃定地说（虽然他也没有女朋友）："机缘，还是需要机缘，我参加了几个美食群，常常约出去聚餐，里面有不少妹子，要不我把你也拉进来吧。"

瘦瘦的男生很高兴，连声说好。

胖胖的男生又说："只是……大家不算很熟，所以每次吃饭不能放开了吃，你想好要不要去。"

瘦瘦的男生有些迟疑了，喃喃道："不能放开了吃……"接着，他用征询的目光看看胖虎。

胖虎摇头："吃不饱不行。"

瘦瘦的男生立刻点头附和："没错，吃不饱没意思。"

之后的话题方向便朝着哪家饭店价低量足越跑越远，再没回到找女朋友这件事上。我若有所思地看着他们，渐渐打捞起那个沉入海底的谜团，对于这群住在象牙塔的理科生来说，现实真是比黎曼猜想还要艰深的难题。

二十三　你、我和我们

搬新家后胖虎上班远了不少，于是我给他买了辆小龟电动车当代步工具。小龟每天驮着胖虎往返于从家到公司的路上，勤勤恳恳，任劳任怨。周末的一天，胖虎突然指出大路上车多人杂，红绿灯也密集，他想寻找一条通往公司的捷径，并邀我一同去探索。我瞅瞅窗外，倒是很明媚的三月里的一天，便欣然答应了。

于是我俩在小龟背上挤作一团，肩挨着肩，腿靠着腿，以三十迈的时速缓缓穿过人群，避开机动车，在这阳光普照、南风轻拂的上午去寻找一条未知的捷径，谁也不知道它存不存在。我在后面抓着手机看地图，胖虎在前面辨认方向。遇到紧急路况我免不了惊慌失措地大嚷大叫，胖虎几次威胁要把我赶下车，而每到一个路口，决定往哪里拐弯时，我们又得争执上好一会儿。

吵吵闹闹地走了一段，路没了，一片坑坑洼洼的泥地和一扇铁门横亘在面前。我们又热又燥，沮丧地互相埋怨起来。刚要掉头往回走，我看见不远处的站岗亭里有人，便跳下车去问路。问罢，我高兴地向胖虎挥挥手大声说："有路有路，穿过铁门就是。"

果然，狭促之后豁然开朗，我们竟然找到了一条沿着南水北调水渠向前延伸着的小路，小路四五米宽，左侧盛开着如云的桃花，右侧是碧波清流，不见人影、车辆，只听得见鸟儿啼啭，幽静至极。我和胖虎又惊又喜，一边赞叹，一边兴奋地分享着新发现。我扬起脸，迎着倾泻而下的阳光，尽情感受这融融春光。

这是多么贴切的一个比喻，像极了我们的婚姻，不管如何争执、吵闹、相互嫌弃，两个人却始终挤在一辆车上，协助彼此，妥协忍让，一起摸索着未来的方向。看着一样的风景，面对一样的难题，有颠簸有死胡同，也有柳暗花明。因为能感觉到对方的体温，难走的路变得不那么难走，而开心的事变成双倍的开心。如果胖虎执意要把车开进河里，估计我的第一个反应是抱紧他，闭上眼睛，而不是从车上跳下去，因为我们的世界早已盘根错节地长在了一起。

很难用文字去形容这种微妙的结合，记得领证时胖虎打过一个比喻，说我们就像两头在草原上风一样奔跑着的小野猪，被民政局的工作人员拎起来啪啪在屁股上盖了两个戳，从此变成一对天长地久的家猪。这是形式上的结合，而要从内心全盘接受彼此，还需要更为漫长的时间。

年轻时我从没想过这些，那时和胖虎爱得热烈，不是你扑倒我，就是我扑倒你，扑来扑去本身就是对结合最有力的诠释，谁还会去想心灵层面的意义？事实上，刚领证那会儿我们谁也不知道组建一个家庭意味着什么，仍然保持着单身时的习性，胖虎甚至问我一周能不能请假两晚在外面过夜，他要和朋友玩游戏玩通宵。但是有一天生活让我们明白了结婚不是过家家，并且那一天很快就来了。

有天晚上胖虎一脸严肃地说有事和我商量，他说想辞去现在的工作然后加入一家创业公司，问我支不支持他。我想也没想就说："好呀，我永远支持你。"胖虎兴高采烈地夸我是个好老婆。

过了几天，我路过健身房时花八千多办了张卡，逛街时又买了件两千块的羽绒服，晚上说给胖虎听时，没想到他大发脾气，说我根本不理解他，不支持他的事业。我莫名其妙地反驳道："这跟我支持你有什么关系呢？"

那场架我们吵了好几天，算是婚后最为胶着、持久、激烈的一场架，吵着吵着当事人也困惑起来，不明白如此汹涌的愤怒和委屈从何而来，于是更奋力地想吵出个结果，当然是没有结果的，吵架时语言具有极大的杀伤力，沟通的作用却微乎其微。

等事后冷静下来，我细细梳理支离破碎的信息，终于弄懂了这场激烈冲突的真正缘由。胖虎和我说他要离职创业，真正的含义是他在很长一段时间内只能拿着现在三分之一的薪水，并且要付出现在三倍的时间与精力。而我说支持，就默认了在很长一段时间里，我要承担家里所有的事务，并且承受经济的拮据。

当时我还不知道这就是两个人交融的阵痛，一方的决定也牵扯着另一方的命运。第一个念头是我的生活被毁了，稀里糊涂上了一条贼船，从今往后连自己的钱都不能自由自在地花了，这是什么鬼道理？我不记得后来是怎么转过这个弯的，总之是一个曲折、痛苦、纠结的过程，伴随着妈妈的反复劝说和胖虎虚无缥缈的承诺，最后只得说服自己接受现实。令人难过的地方并不在于多干一点活儿或是精打细算，而是要改变自我的形状去适应婚姻这个器皿，我很不高兴。

胖虎的决定直接影响了我们婚礼的规模，因为既缺少预算又排不开时间张罗，我们最后决定省去一切排场，不要司仪，不要鲜花满地，只请亲友吃顿饭。我说我不在乎形式，胖虎内疚地看着我，说："你这么说是为了不让我难过。"我低下头，很懂事的样子。

记得婚礼那晚，一切喧闹过后，等亲友散去，父母进房休息后，我和胖虎换上平常穿的衣服悄悄溜出门，在街边买了几串烧烤，还有可乐，拿到河边坐下。我们娴熟地相互递着纸巾和可乐瓶子，在空无一人的夜晚边啃着烤串边点评着刚才宴席上的种种，仿佛那是一场我们俩自编自导的电影。

我看看眼前沉静的河水，又看看身边的胖虎，在那一刻，忽然生出一种休戚与共的感触。不管怎么说，都是这个人在身边陪我一起面对人群、世界、明天，不是吗？这让我感觉心安，如果只有我自己，该多孤独？这么想着，之前的那些不甘心、无奈，便倏然之间消散了。

不记得走了多久，胖虎公司的大楼出现在眼前，胖虎兴奋地看了一眼时间，说："看，比原来节省了十分钟，我们找到捷径了。"

我说："你知道今天最让我难忘的部分是什么吗？就是我去问路的时候，一回头看见你在原地一动不动地等我回到车上。"

胖虎一脸困惑："不等你回来，我一个人能去哪儿呢？"

我冲他笑："对呀，我不上车，你一个人哪儿都去不了。"

126

二十四　美人

　　她年轻的时候是个美人，美得端正、显而易见，读书时是校花，去工作了是厂花，属于那种有共识的美。有人说她脸型生得好，双颊从眼角处渐渐往内收拢，线条优美、流畅、一气呵成，直至下巴放缓速度，完成一个圆润精致的交汇。有人说她鼻子美，挺秀而没有凌厉逼人的气势。有人欣赏她的眼睛，温柔里带着笑意。而我最喜欢的是她的两道眉毛，长而略疏，浅浅横于额上，不论喜怒都是含蓄的，有着说不尽的柔情。

　　美人的美不止于五官，还在于姿态。她是七个兄弟姐妹中最小的女儿，从小习惯了娇宠，也听惯了夸赞，因此始终带着一份不争不抢的淡然从容。另一点也是更可贵的是她对于这份美的珍视和矜持，任有多少人爱慕、追求，却一辈子只跟一个人好过，让想她的人想了一辈子，念她的人念了一辈子，天长日久，没有上演俗烂的剧情，却成全了几段佳话。

前阵子读到木心的诗集，里面有一篇《从前慢》，写道："从前的日色变得慢，车、马、邮件都慢，一生只够爱一个人。"虽是在说时间，却句句都是对从前岁月的留恋。要我说从前的美人也好，美得不彰不显，自成一格。平淡素净的日子里透着浅浅的期盼，今天过完还有明天，明天过完还有明天的明天，因此不着急，举手投足有恃无恐。而身边的人可以花上一辈子看时间从她的眼角眉梢流过。

我记得以前最爱看她梳头，镜子前一头烫得微卷的发丝流云一样散开，接着一只手灵巧地拈起一缕翻卷上去，另一只手从台子上拿一根夹子，迅速送到嘴边轻轻咬一下开合处，在脑后把发丝固定住。只要几分钟的工夫，一头长发就被高高盘起，白皙的脖子露了出来。我每次仰着头虔诚地看着，百看不厌，直到她梳完头一转身，裙角漾起小小波澜。

她的这份美，使我童年的回忆和旧照片里有她出现的地方都笼罩上了一层特有的、诗意的光晕，它们所带来的影响也成为我关于美好的启蒙。当我还不具备鉴赏能力时，只觉得跟她在一起总会有好事发生。在路上遇到的熟人都愿意停下来和她说上一会儿话，聊菜筐里的茄子、电视剧、共同的朋友，随便什么都行。他们捎带着也会对我表现出额外的热情和善意，虽然我能感觉到这些关心大多并非真心，但还是会因为受到了关注而兴奋不已。我从大人，特别是男人们眼里的光芒里，看见了她的与众不同。

相反，跟着我爸爸出去，一切就平淡得多了，没有人送我橘子和糖果，路过食品店没有免费的蛋筒壳吃，碰到熟人会相互点点头，但他绝没有使对方停下脚步或从自行车上下来的魔力。

我觉得我太幸福了，因为不用靠偶然和运气才能看见她并和她说上话，我可以光明正大地、整天整天地守在她身边，用尽心思让她去幼儿园门口接我，或是陪我参加校园活动，我沉浸在大家讶异的、赞叹的目光里，仿佛那些目光也投射在我的身上。我对她的爱里夹杂着幼稚的虚荣。

　　一天，我从外面玩回到家，见我爸和她吵了架，她正伏在小桌上低声哭泣，几根柔软的发丝黏在她湿漉漉的眼角。我站在渐渐暗下来的院落里看着这幅景象和她微微抖动的肩膀，心里像是突然飞进了一只小蛾子，上下扑打。我被一股奇怪的力量牵引着，走过去坐到她的身边，摆出和她一样的姿势也认真地哭了起来。

　　我哭得专注而执着，哭得伤心欲绝，已经不记得后来是怎样被劝住的了。几天后，她对着镜子梳头，突然从镜子里看着我，问："那天你为什么哭呢？"我嗯嗯地说不出来。她试着猜测："你是怕我和你爸爸分开吗？"我含糊地点点头。她以为她猜对了，转过脸来对我一笑，又转过去对着镜子，轻声说："不会的。"那时候她是相信永远的。

　　从此，我对她的模仿一发不可收拾，踩进她的高跟鞋里踢踢踏踏地走，把项链一圈圈绕在脖子上，出门前一定要用口红在眉心点个美人痣，用她的话说就是学会臭美了。但事实证明，我还并不具备一个美人的素质。那年春末的几天热得离谱，我闹着要买裙子和吃冰激凌。她被我闹得没办法，让我选一样，我想了想，毅然选了冰激凌，这预示着我注定是一个失败的模仿者。因为贪嘴，儿时的我常年体重超标，身形粗壮如小水桶，仙仙的公主裙因此被我穿出了喜剧效果，于是几经挫折也就有了自知之明。但我并不难过，因

129

为她的美离我那么近，近得好像也被我所拥有了一样。

她嫁给我爸爸时，带来了五种颜色的月季花，种在院子的花台里，后来五种颜色剩下三种，三种剩下两种，再后来都死掉了。她就改种葡萄，接着种丝瓜、青菜、香葱，这像极了一个隐喻，一个女人从千娇百媚的年华最终归于平淡的一生，即使美人也不能免俗。

终于有一天，在她的脸庞上，美貌渐渐若即若离，眼睛不再如以前澄澈，皮肤也渐渐失去了光泽。她开始频频翻看以前的照片，越来越舍得在衣服和保养品上花钱。她略带伤感地说，六十岁以后就别再给她拍任何照片了。这句话刺痛了我，明明是她不再年轻，却让我感觉自己突然老去了许多。

今年春天，她搬来北京和我们长住，这是从我上大学离开她十年后我们再次住到一起。她仍是爱美的，并且不遗余力地维持，每天都要上秤监测体重，头发仍然盘得一丝不苟。我给她买口红、面膜，陪她逛街买衣服，叮嘱胖虎和朋友们适时地赞美她。也许我是在刻意守护着什么，在岁月吞噬一切之前。

有天我走进客厅，看到她正坐在沙发里削一只苹果，那么安静而专注，脸上浮现出往昔的温柔，阳光从后侧将她围住，随着角度的变化落在发上、脸上的荫翳也跟着缓缓移动，仿佛三十年的光阴不易察觉地流过。我久久地看着，然后走过去坐在她脚边。就像小时候在晴朗的午后，我们一起坐在院子里，我伏在她的膝头，耐心地等待她削好手里的苹果。

二十五　一件世界上没有的婚纱

"我到婚纱店了，你在哪儿？"

"还有两个红绿灯，你先去店里等我。"

前台翻翻登记簿，抬头问："是谢小姐吗？"

"是的，但试婚纱的不是我，是我妹妹，她一会儿就到。"

"那您先坐在沙发上喝杯茶，里边请。"

我换上拖鞋，跟着女孩娇小的背影走进里间。偌大的地面空荡荡的，只铺了长毛绒地毯，好像一片灰白色草坪，踩进去一脚一个温柔无声的陷阱。左右两边贴墙的长杆挂着上百件如云如雾的白纱，室内并没有风，却让人觉得它们在缓缓流动。

试衣间独具匠心地设计成奶油蛋糕一样的圆形舞台，被从天花板垂直泻下的红色瀑布般的丝绒帘幕围拢，拉开的瞬间就有了一种戏剧化的效果。新郎们面对从天而降的雪白新娘都要发会儿怔，就像小男孩看见惊人的戏法。这副一脸蒙的表情令新娘们甚是满意，还要故意娇滴滴地问一句："好看吗？"我看着一个个魔法瞬间，忍不住感叹："婚纱店真是女孩们的天堂。"

关于婚纱的启蒙，对我而言来得很早，大概从记事起，妈妈就开始给我讲挂在她卧房的那张婚纱照的由来。每个家庭里总有几个被反复提及的故事，或传奇，或惊险，或意义重大，历经岁月流逝其光芒也很难被磨灭。而我妈妈讲的这个故事关乎一个女人对幸福的执着和胜利。

三十年前的某天傍晚，上海下着淅淅沥沥的小雨，一对即将结婚的恋人抓紧最后的时间采办结婚用品，第二天一早他们就要坐汽车回去。新娘千方百计地把新郎带到淮海路上，又一次提出了她的愿望——拍一张彩色婚纱照，这在当时算是个非常前卫且奢侈的要求。新郎左手提着暖水瓶，右手拎着一床棉被，盯着脚尖不吭声。他一是不明白拍照片为什么会比买生活必需品更重要，按计划他们还得赶在商店关门前去买樟木箱。二是拍一套婚纱照的价格几乎是他半个月的工资，而他们结婚证上的照片只要五毛钱，他觉得这简直是坑钱。

但是新娘来不及跟他解释她是如何在少女时期被一部外国电影里的婚礼迷得如痴如醉，从此对婚纱疯狂长草，立志这辈子一定要穿上一次。信念凿凿，她就是要拍，一对新人在细雨里对峙着。

新娘本是个没什么主见、性格柔顺的女人，在婚后的生活里一路顾全大局妥协退让，受了不少委屈，像这样的固执和坚持在她的一生中极为罕见。她说如果他舍不得，她可以用自己的积蓄，婚宴也可以少办两桌。她将话说到这个份儿上，新郎终于屈服了，毕竟婚礼还没有举行，他离真正的新郎还差一个"准"字。这世上最

132

可爱的生物莫过于未婚夫，那大概是一个男人一生中对女人最为慷慨、纵容的时刻。

新郎抬头看看四周，为难地说："可是，都这个点了，去哪儿拍呢？"新娘欣喜若狂，立刻拉上他奔向十几米开外的照相馆，她在刚来那天就已探好路了。

摄影的老师傅已经在收拾东西，指指钟说："还有二十分钟就关门了，明天再来吧。"新娘少不了一番央求。老师傅将两人上下打量一番后，善意地提醒道："这可是结婚照呀，一生一次，你们这样仓促，妆也没化，头发都让雨浇湿了，影响拍出来的效果。"

新娘掏出钱放到柜台上："婚纱在哪里？"

照片挂在卧房正对着门的墙上，坐在客厅稍加留意就能看到，是一个小女人拐弯抹角的炫耀。照片上的她美极了，尽管几根凌乱的发丝和略微歪斜的头纱显露着匆忙的痕迹，可命运之神的及时眷顾为她的容貌覆上了一层喜悦之光，胜过最好的粉底胭脂。她说当她拖着长长的白色裙尾从二楼试衣间沿着木质楼梯走下来的时候，感到一阵幸福的晕眩，眼中的自己华美、尊贵，俨然一位真正的公主。

尽管只有短短十分钟，但那无与伦比的巅峰体验却让我妈妈回味了一辈子。并且因为当时拍婚纱照还很稀罕，从周围投来的艳羡目光使得她对这份经历更加珍视。自幼儿园大班起，我已经能模仿妈妈的神态、语气给班上的小朋友描述婚纱的美丽和重要性了，还添油加醋地增加了翅膀、鲜花花环等元素。我也常常在没人的时候身披蚊帐，端庄而高傲地从床头走到床尾，想象自己是照片里的女主角。

当我和表姐们聚在一起第一次开始憧憬自己的婚礼时，我靠在墙边以一副很老练的口吻说："蕾丝头纱、大拖尾、手捧花，这些太没新意了。我的婚纱要设计得简洁利落，脚上不穿婚鞋穿运动鞋，有气垫那种。婚礼现场万一后悔了可以转身就跑。"说完，我默默享受着姐姐们惊叹而欣赏的目光，觉得自己酷极了，用脚碾着地上的碎石子儿，又说，"嫁人那天光美还不够，还要美出新意。"说出这句话的我还没意识到，自己已经在谋划着超越新娘典范了。

从此，我身上仿佛装了一个雷达，专门接收有关婚礼的波段。我观摩每一场能看到的婚礼，不论是现实还是影视剧或是画册，也不论中外，暗中记下不足和可取之处。新娘的婚纱永远是我研究的重点，从材质到款式、配饰都被我一一记在心里仔细琢磨，不时在脑海中为自己的婚纱草图更新款式、增减细节。

随着年岁增长，我渐渐发现一个所有婚礼共同的遗憾，那就是只有一天。无论仪式多么烦冗，婚礼多么盛大，新娘多么惊艳，一天之内也就统统结束了。

我记得有一回看到婚宴结束后工作人员拆卸花架，扔在地上的白玫瑰仍和我进场时看到的一样饱满娇艳，丝毫没有颓败的迹象，不禁黯然——女孩们憧憬了多年的美梦实现时难道还不及一朵花谢的时间？第二天她们就要褪去盛装，换上平常衣服步入日复一日的婚姻生活，这一天的光彩就像我妈妈一样只存在于照片和故事中。再见新娘，欣赏和喜悦的感觉不免打了折扣。

等到我所有的表姐都穿上或端庄或活泼的婚纱悉数嫁做人妇，属于我的那一天终于来了。这时，我脑子里已装进了一部近二十年的婚纱进化史，而我即将穿上那件无与伦比的梦幻战衣闪亮登场。

虽然结婚是两个人的事，但毫不夸张地说婚礼实际上是新娘的专场秀，就连街头巷尾的小屁孩们也知道嘴里叫着"看新娘喽，看新娘喽"跟在大人后面凑热闹，换成"看新郎"不就奇怪了？如果技术足够以假乱真，婚礼当天用塑料或硅胶制成的新郎充数也无妨，或许真新郎还很乐意这么做，可以替他们免去一整天任由摆布、围观，以及不知这一切有何意义的痛苦。

只有新娘才能体会个中乐趣和对美丽的责任，记得我曾为这历史性的一天几乎跑断腿，只为寻找一件与梦想吻合的嫁衣。可谁想越找落差越大，越找心里的草图越模糊。预算不断飙升，也遇到过几件很接近理想的，可是始终没有一件能做到百分之百的完美，即便是Vera Wang，要么领口低了要么层次冗繁，要么面料硬了要么款式落俗，甚至只因为一条多余的飘带也会像沙砾一样硌在我挑剔的眼睛里。直到婚礼前一个星期，明知一切已来不及，我还拉着胖虎在城市里疯狂奔走。

最后我们精疲力尽地倒在长椅上，我预感自己将要毁掉幻想多年的婚礼，可偏又无论如何都不肯妥协，心情低落到了极点。胖虎小心翼翼地劝我："你穿哪件都挺好看，其实我都看不出有什么不同。"

"我看得出，我心里知道哪儿不满意。"

"可是没几天了，你再不定就来不及了。"

"我算着时间呢，你以为我不着急吗？"

"我是觉得你没必要跟婚纱这么较劲。"

"我一生里最重要的日子，一生就穿这么一次，希望完美有什么错？"说着，我险些掉眼泪，这时一抬头看见远远的橱窗里射灯照着模特身上一条简单大方的白裙，我怔怔地看了片刻，说道："就要那件吧。"胖虎露出不可思议的神情，因为它只是一条普通的白裙，连礼服都算不上。胖虎以为我是负气，拉着我要继续逛，但我果断地走进店里把裙子买了下来。

因为意外碰到了我心仪的款式？当然不是，而是在那一刻我仿佛从一个长久的梦中醒来，也就明白了症结所在，我要找的婚纱这个世界上不存在，从幼年被我妈妈启蒙开始，历经日积月累的描摹、幻想，它已炫如极光、灿若星河。现实里哪儿有一件婚纱承载得了二十年的期待和极尽一个女孩想象的美？

我们穿着便装，没有任何仪式就把婚结了。妈妈怪我太随意，没有半点儿她当年的心思。我冲她做了个鬼脸。胖虎觉得过意不去，一再说等我遇到喜欢的婚纱时，再补办一场婚礼。表姐们惊讶之余纷纷调侃我穿成这样是不是做好了逃跑的打算？真正的原因我想谁也猜不到吧。

妹妹一个人到了婚纱店，我猜她是想把未婚夫的那声"哇哦"留到婚礼上。看着她小鹿一样跑来跑去地试了几身婚纱，我不禁问："会不会觉得忙活几个月只为那一天有点儿不值得？"

"会呀，所以我想定做一件常青款，以后每年穿上拍一张合照。你呢？没有穿婚纱觉得遗憾吗？"

"不会，我宁愿一直想象着，一旦实现就被夺走了。用一个美梦骗女孩心甘情愿付出一辈子，我才不跟魔鬼做这笔交易。"

二十六　在成为自由职业者的路上披荆斩棘

春天是一个罪恶的季节，春风撩拨万物，春雨滋生妄念。每年到了这个时候，我的内心就翻滚着蠢蠢的波涛，想跳槽，想生孩子，想去火奴鲁鲁……如果到了春末还没能把不安分的念头打压下去，那就只好用剩下的季节去实现，不然它们会在我心里一直挠痒痒。

两年前四月里的一天，我下班后走在回家的路上，倏然发现天光渐长，夕阳还未收去余光，树木、楼宇的影子正随着太阳逐渐西沉的角度无限变长、变淡。我被笼罩在一片黄昏的柔光里，心里忽然生出快要失去什么的感觉，紧赶着往前追几步，去追那地上的影子，追那快消失的光，心里发紧，一切都要来不及了似的。

奔跑在这些强烈的意象之间，令人窒息的世界被不断向后抛去，现实感渐渐稀薄，内心在惶惑不安中不断滋生出挣脱和追逐的迫切感。我想到从高中时就喜欢的作家米兰·昆德拉和村上春树，想到太阳以西，世界尽头和别处，在种种思绪嘤嘤嗡嗡盘旋了一阵后，一个崭新的愿望冉冉升起。

晚上我拉着胖虎聊天："你猜我今天走进会议室闻到了什么味儿？猜不着吧，是羊圈的味道。怎么会？当然会，这种朝九晚五的日子让我觉得自己就像羊圈里的羊。高的、矮的、胖的、瘦的、涂口红的、没涂口红的，反正大家面容模糊，长得都差不多，时间一到呼啦啦坐上工位被剪羊毛，时间一到呼啦啦挤到楼下快餐店吃饭，时间一到呼啦啦跑出羊圈放风，谁的表现好、羊毛多，就能分到果果。明明心里充满怨言，恨不得掌掴老板，却还是忍不住冲他乖顺地咩咩叫，想到自己的那副蠢样子就想撞墙。我受够了，我要辞职做一个自由职业者，哪怕做羊，也要做一只特立独行的羊。"

胖虎听完，疑惑地问："是不是因为看了《小羊肖恩》？"得到否定答案后，他若有所思了一会儿，接着试探性地问道："那是不是因为春天的关系，去年这个时候你不是还拉着我要卖掉所有家当搬到农村？"

"是吗？我有这么冲动吗，你确定没记错？"

"不要怀疑我的大脑，我建议你还是先等春天过去。"

我点点头，暂时摁住了妄念。

几天后，有个当公务员的好友升了职，请客吃饭。显然他很为此得意，特意让我去办公室找他，正是下班时间，他推开办公桌，夸张地伸伸懒腰说："这间办公室里的人是科级干部，一个办公室只坐四个人，真是比原来宽敞。"

接着他领我四处参观，走到隔壁的办公室时，说道："这是副处级干部的办公室，两个人一间，"走到下一间，他接着介绍，"这是正处级干部的办公室，一个人的大单间。"他两眼放光地看着门上的牌子，语气里透着热切，"这可是我的终极目标。"

我不识趣地问了句："然后呢？"

他大度地笑了笑："然后我就该退休了，像我这样从基层做起的，三十年爬到处长之位就算到头了。"

我看着几间普通的、毫无特点可言，却能装满一生的办公室，绝望地听见了此起彼伏的羊叫声。

晚上回到家，我立刻拿出纸、笔趴在桌上一阵写，胖虎凑过来念："写作、存款、社保，妞，你写什么呢？"

"当一个自由职业者的条件和困难。"

"还没死心呢？"

"虽然时间很敏感，但我可以负责任地告诉你，这次绝不属于春季冲动。我想清楚了，有生之年不再为公司卖命，我要按自己的意愿去工作。"

"为什么？"

"革命是为了什么？当然是自由呀，这位小同志。你想，不用朝九晚五打卡，不用一天两次堵在路上，能节省多少时间？"

"你说得我都心动了。"

"别，革命还需要你的支持，你愿意吗？"

"死了都行。"

"那倒不用，有这份心意足够。再说下操作层面，既然第一本小说已经出版了，我想试试这条路。辞职后社保可以找专门的公司代缴，房租已经交到了下个季度，存款不多但节省一点儿大约也能维持到下个季度。从那之后到下一本书完成之间的时间嘛……"

"我养你。"胖虎心领神会。

"我吃得不多，还可以再少一点儿。"我主动把头埋进尘土。

稳定了后方，我给老板写了封措辞激昂的辞职信，不外乎我有一个梦想之类，老板早见惯了各种作死的文艺青年，痛痛快快放行了。

我怀揣着忐忑和兴奋迎来自由、全新的生活，却在短短一星期后发现，对于一个经过常年磨炼已被职场高度驯化的人来说，选择自由职业是一场对人生艰苦的颠覆，经济困窘仅仅是所有考验中的一环。

大吃大睡，熬夜追剧，尽情释放了几天后，一天早晨我坐在餐桌旁啃面包时突然感觉到一股奇异的寂静。并不是没有声音，相反窗外不断传来小孩的吵闹声和汽车鸣笛声，那寂静源自某种隔绝，是我与外界不再有交互，不存在于他人的视线之中，也不被任何滚滚向前推进的工作流程所需要。我打开QQ试图一如往常的早晨和熟人问个好，但往来寒暄几句后大家便消失在了公司的各项事务中。我感觉自己脚下的土地开始松动脱离，载着我独自漂到一望无际的海面，成为一座孤岛。

除了被世界抛弃的孤独感，要在毫无约束的环境下保持生活的规律和秩序也并非易事。床、零食、电视，时时刻刻诱惑着我，如果没有足够的意志力去抵御，极容易陷入日夜颠倒、体重失控、情绪萎靡的深渊，最后一身腐气烂进泥土里。

我的解决办法是制造外在约束，先去一家管理严格的健身房办卡，强迫自己每周按时上课，保持时间上的规律感，并在此基础上给吃饭、睡觉、写作划分固定的时间段，虽然时不时开个小差，但好歹支撑住了生活，没有像沙一样崩塌。

正在我天人交战的时候，消息随风传到了我的老家，并且毫不意外地走了样。亲戚们开始用各种方式表达着对我的关心：

"失业不可怕，要振作！"

"单位效益不好？给你补偿了吗？"

再以我和我爸的对话为例：

"如果累了，就先休息一个月，休整好再去找工作。"

"爸，我想写作。"

"写作很好，把简历好好修改一下，除了直接投公司，也可以找找猎头。"

"我说的是不上班了，全职写作。"

"你可以业余时间搞创作、搞文艺，年纪轻轻就当家庭妇女怎么行？"

得知我将长期待在家里之后，亲戚们认为我堕落了，不思进取了，纷纷表示痛心疾首。为了拯救我，不但轮番游说、威逼利诱，而且连我九十岁的外公也不放过。趁我国庆节回家，聚会过后，外公颤颤巍巍地招呼我过去，其余人默契地安静下来，神情肃穆。

外公拍拍我的手背，缓缓问道："听说你脱离了组织？"见我默认，外公语重心长地说道，"我这一辈子都在给别人做思想工作，我问你没有了组织，你的后半生谁来保障？"接着，他将一张A4纸递到我手里："你先端正态度，如实、诚恳地把入党申请表填了。"

后来我差不多是逃回北京的，内外交困使我变成了一只随时参毛的猫，敏感、多疑、矫情。胖虎下班回来，随口一问："今天干吗了？"我立刻警惕地反问他："你是觉得我什么也没干吗？"朋友周末聚餐，还没结束我便匆匆起身告辞，仿佛很忙的样子。直到某天电子邮箱里出现一封待遇优厚的面试邀请时，我像是等待了许久似的雀跃，踩上高跟鞋噔噔噔地去了，直到走进公司大楼的旋转门时，我问自己："你这是怎么了，在为当初的决定后悔吗？"那一个下午我便是站在两个世界之间，旋转进来，旋转出去，再进来，再出去……

仿佛是命运的某种安排，当我在自己选择的这条路上踟蹰不前时，编辑打来电话告诉我，一家影视公司以相当可观的价格购买了我小说的影视改编权。可以想象这个消息给我带来的喜悦和信心，仿佛巨大的路障被清除后，眼前出现了一条景色宜人的大路。

两年后的今天，我仍是一个自由职业者，并且丝毫没有为当初的选择后悔。当自由的意志熟悉了驾驭一切的感觉，当孤独感成为习惯，当克服了颠覆生活方式所面临的种种困难，事情便展露出了它有价值的一面。自我在渐渐复苏，想做的事情越来越多，时间变得充盈。我渐渐看见自己的独特，生命不再是流水线上的一个普通的损耗品。不需要再向领导汇报工作，但一年下来我却能看见更多的积累，因为在与自己相处的日子里，藏不住一点儿糊弄，唯有以勤奋坦诚相见。

　　记得《生活在别处》一书里曾对"当下"和"别处"的两难困境这样形容——"真正的生活应当永远在别处，当生活在别处时，那是梦，是艺术，是诗，而当别处一旦变为此处，生活就会展现它的另外一面——残酷。"尽管如此，我们却无法停止对"别处"的追逐，在两者间进行选择的最大意义或许不在于哪种生活更好，而在于敢于重新构建生活的勇气。

二十七　忧伤的年轻人

　　时针指向十二点整，我终于按捺不住地拨通了胖虎的电话，一片嘈杂的背景声中，胖虎口齿不清地用海南方言嘟囔着："埃叽秀呀埃叽秀（椰子树呀椰子树）。"隔着听筒我也能闻到扑面而来的酒气。我当即下楼拦车奔向聚会现场。胖虎不喝酒，喝醉更是如日全食一样罕见，因此我十分怀疑他是在同学聚会上碰到了初恋女友，想到这里，我从包里掏出口红，借着晃动的灯光抹了个大概，心情既紧张又有一丝奇怪的激动。

　　为了不给当事人准备的时间，我看准了包厢号便破门而入。结果眼前的景象不是我预想中的样子，却更出人意料：包括胖虎在内的六个男生不仅喝得横七竖八，有的挂在椅子上，有的抱着桌腿，有的躺在地上，而且一群大男人个个哭得梨花带雨，屋里弥漫着一股湿漉漉的伤感气氛。我环顾了一下四周，女生倒是一个也没有。

　　正在哭诉的阿懒见被人打断，撇过脸投来哀怨的目光，一路爬向洗手间的小皮停止了呕吐，受到惊吓般茫然地向门口张望，而胖虎对我的到来一脸困惑。我像个撞破秘密的闯入者，既感到抱歉，又按捺不住好奇，僵持了几秒钟索性心一横滑进门里，在一个不起眼儿的角落里坐下，同时向阿懒报以鼓励的微笑示意他继续。

好在阿懒沉浸在自己的世界，很快把我忘了，继续讲述他的心事："那时候班上搞什么一带一，安排我和阿辉同桌，当然是我带他，初中三年他抄我作业抄了三年，见到我就亲得叫'哥'。后来我考进全市最好的高中和你们做了同学，他三门加起来没有我一门分数多，干脆不读了。再后来我被保送来北京上大学，一直再没和他联系。今年过年回家，我去喝朋友的喜酒和他碰上了，说办酒的那酒楼是他开的，临走坚持开大奔送我。他问我怎么没带媳妇来，问我在北京干什么。我在干什么？我也不知道自己在干什么，我女朋友都没有，他老婆已经怀了第二胎。对了，他还叫我'哥'，他一叫我就想哭……"

阿芒仍然紧紧攥着桌腿，好像举着一面旗帜，神情却很悲伤："自从小琪跟我分手，老子已经两年没有女人了，大城市里的姑娘见过世面，又难追又难哄，你最好家里有钱或者自己能挣钱，要是都没有，就只能看女朋友心情了。就因为那阵子我出差多了点儿，她就说我变了，嫌我这不好那不好，反正一夜间我哪儿都让她不满意，闹了一个月后，跟我说分手。分就分，以后还是回老家找个老婆，安稳。"

埋头趴在桌上的阿不冷不丁哼了一声："钱？多少钱算多？我父母攒了一辈子钱，攒了五十万要给我买房，在北京能买个泡泡！我再攒一辈子都不一定能买套像样的。"阿不吃力地抬起头，虾红色的脸上有些愤世嫉俗，"我加班加得恨不得住在单位，一年才挣十几万，上星期项目交差，一看目录，多出好几个名字，头衔都是'项目执行人'，我一个活人也没见过，全是亲信，什么都不用干，一样拿钱。我家里送我来上学的时候摆了三天流水席，门口红红的一片全是炮仗皮，可到了这儿我算什么？一个死跑龙套的。"说到这儿，阿不的眼睛又湿了。

胖虎盯着一桌的空盘子喃喃自语："我们读的是全市最好的高中，而且是最好的高中里的尖子班，班里排名前三十的二十六个来了北京，是不是最好的？都是最好的。现在留下来的就剩屋里这几个了，过得还这么糟心，有时候我不懂，真的搞不懂。"

我默不作声地听着，慢慢听懂了他们在说什么，再仔细听，能听见更多，我听见了他们与这座巨型城市间的隔阂，听见了这群介于男孩和男人之间的个体被不断挫伤的傲岸，听见了失落、委屈、困境中的茫然，听见了胖虎未曾对我倾诉的苦闷，也听见了我自己对往昔的眷念和对未来的无所适从。

离开家乡的年轻人犹如一群冲锋的战士，在号角和热血中冲向理想的阵地，奋不顾身、斗志昂扬，将旗帜插在高地，把才华、希望、抱负全都押在一个陌生、喧嚣的大城市，由此开始与岁月长久地对峙。经历种种磨砺后，曾经天真的我们开始明白到达仅仅是个开始，不代表融入，更不代表立足。没有根基的草木，一场大雨、一阵飓风就能轻易卷走它。

站在背井离乡的寂寥里，我们忍不住回头看，来自家乡熟悉的回忆成为一条线索，沿着它便能寻到温暖。只有漂泊的人，才能体会到这种距离，这是现在和过去的距离，也是梦想之地和家乡之间的几千公里。我们徘徊在两者之间，不断告别、重聚，身在此处而心在彼处，因靠近而甜蜜，也因不能安于此处而感到苦涩。

小皮直起身，依然坐在地上，有些伤感地说："这趟我走的时候我妈哭了，问我能不能回去陪她。"大家沉默了一阵，阿懒突然用玻璃杯用力敲击着桌面，大声问："图什么，到底图什么？"

一直横躺在椅子上的阿怪专为了总结似的醒过来，悠悠答道："为了娶漂亮老婆，衣锦还乡呀。阿芒你别放弃，等我发达了，给你介绍一个比小琪更好看的。"阿怪此话一出，撬动了滞重的气氛，男生们的脸上开始浮现憧憬的神色。

老龟扶扶眼镜，咧嘴一笑："能不能衣锦还乡不好说，但是为了娶漂亮老婆我可是拼了命的。到今天为止，老夫一共相亲三十二次，你们信吗？三十二个姑娘居然没有一个肯跟我见第二次。我左想右想想不通，就追着一个女同学问，她说因为我气质里透着猥琐，刚想牵牵手人家以为我要流氓呢就吓跑了。这不是血口喷人吗？你说我猥琐吗？"老龟直勾勾地盯着我，我刚要张口，胖虎甩过来一个眼色，我赶紧摇摇头。老龟释然地笑了："其实我只想要一个拥抱，女人的怀抱，像家乡。"

老龟成功地把话题引到了女人身上，一聊起这个，之前饭桌上的阴霾一扫而光，大家都来了精神头，七嘴八舌热闹不已，我趁乱拉着胖虎出了门。

回去的路上，胖虎靠着车窗沉沉睡去，我看着玻璃上飞速掠过的光影暗自想，无论如何，想要打道回府的话，今晚倒是没有一个人说出口。

147

二十八　我想讲述一个没有你的世界

　　那是我们第一次结伴旅行，两人正处在交往中最妙不可言的阶段，从对方身上捕捉到任何一点儿微小的信息都令人心颤不已，犹如两颗天体在彼此的引力中相互绕转靠近，环抱四周的玫瑰色星云向外漾出圈圈涟漪。一天玩下来，两个人快活得头晕目眩，眼见天色将尽，途经的酒店突然亮起璀璨的灯光，似乎在暗示我们今夜的归宿。

　　一种将至未至的可能性毫无预兆地袭来，我俩紧张、兴奋得身体都僵硬了，牵在一起的两只手湿得一塌糊涂，也分不清是谁的心跳乱糟糟地响成一片。我们步履艰难地又往前走了几步，胖虎声音干涩地说："我们吃点儿东西吧？"我点点头，我们走进最近的一家餐厅坐下来稍稍喘息，可内心的妄念依然汹涌。

　　气氛有些尴尬，我埋头看菜单，胖虎看向窗外，但我们都知道对方心里在想什么。服务生走过来问："有新鲜的椰子，要不要？"胖虎点头，待椰子送上来，他放在手里掂了掂，对服务生说："麻烦你换一个嫩点儿的。"我问他："你会看椰子？"胖虎说："当然，我的老家遍地都是椰子树，我不但吃过、摘过，还亲手种过。"接着，他手捧重新送来的椰子，对我说了一段至关重要的话：

"喝水要挑年轻的椰子，皮青，掂着压手，这样的椰子汁水多而且清甜，喝完水敲开椰壳，还能刮下一层半透明的椰肉，像天然的果冻。如果这个时候没有被吃掉的话，椰子就会继续成熟，汁水慢慢减少，椰肉越来越厚，变成乳白色，不能当果冻吃了，但可以榨汁，你平时喝的白色的椰奶就是椰肉榨出来的。

"如果这时也没有被吃掉呢，椰子还会继续长，壳里会长出一个椰子球，差不多像高尔夫球那么大，里面布满气孔，口感像酥脆的海绵，一咬下去很多汁液，我挺爱吃这玩意儿的。

"这是一个椰子被吃掉的最后的机会，接下来它要完成一项神圣的使命。它的外壳会变成枯叶一样的颜色，分量也变得像枯叶一样轻，这时候你会以为它死了。但是你把它放到角落里，等上一两个月，椰壳上就会长出一棵嫩绿的苗苗，这时的椰子已经从果实变成了种子，把它埋进地里它就会长成椰子树。椰子生命力很强，但是从发芽到长成一棵树要等很久很久。我五六岁的时候亲手种了一棵，天天问我爷爷什么时候能结果子，一等等到小学毕业也没能吃上。"

胖虎有条不紊地讲述着，忘掉了自己，也忘掉了紧张，而我完全被这段闻所未闻的新鲜事迷住了。待我们走出餐厅时，两人已经松弛下来，一路走一路继续专心地分享着椰子的故事。刚才吃饭的工夫，外面下了一场阵雨，我们踩在湿漉漉的地面上，忽然觉得两个人就这样手挽着手已经走过了千山万水，一种温情、稳妥、踏实的感觉取代了之前的激越不安。

胖虎似乎尚未察觉到我们的关系已发生微妙的变化，他的故事还没讲完呢："椰子的全身都是宝，还有一样东西是很难吃到的，我长这么大也就吃过一回。初中的某个暑假我回老家，我爷爷砍掉了一棵特别茂盛的椰子树，劈开树干，里面有一根椰子芯，我爷爷让我把它吃掉，吃掉这个就意味着我以后要做家里的顶梁柱。那味道有点儿像甘蔗，又有点儿像竹子，可能是只吃过一次的缘故，我对那味道记得很真切。"

我把头靠在胖虎的肩头说："今晚一起住吧？"

胖虎点点头："好哇。"

相恋就像一场冒险，每一步进展都伴随着不可预期的危机，紧张、没经验、太乐观、太悲观、太自信、太自卑，随便哪个原因都会把事情搞砸。所幸今晚椰子的故事帮我们从容地过渡到更深一层的关系。那是我们第一次一起过夜，却自然得如水到渠成。

"都是因为椰子。"我说，胖虎露出难以置信的神情。我试着给他解释："《旋转木马鏖战记》里有一篇短篇小说，叫《背带短裤》，说一个日本妻子去德国旅行，她的丈夫托她买一条德式背带短裤。那妻子看到店员在试穿的客人身上拉拉拽拽，好让短裤更贴合身形的情景，竟然回国后就毅然同自己的丈夫离了婚。女人是很感性的，我们也不知道突然间就会被什么触发最隐秘的感情，哪怕是看起来毫不相干的事情。"

也许那位妻子觉得自己就像那条背带短裤，这么多年为了迎合丈夫的需求不断失去自我，观看客人试穿的过程中，她的自我也在渐渐苏醒。而我听胖虎讲着椰子的故事，虽不是令人面红心跳的情话，却使我触碰到了一个不同于自己的新奇有趣的世界，那语气中的坦诚、温柔，仿佛是欢迎我造访的邀请。于是我倾听着，不由自主地靠近、沦陷。

以前看过一部很浪漫的电影，叫《爱在黎明破晓前》，没有复杂的情节，几乎全片都是初次邂逅的男女主人公不停地散步交谈。此刻想到这部电影，我更能体会其中的妙趣，相恋的人每说一句话，每开启一个话题，都是向彼此折射内心世界的斑斓。

那一晚之后，我们又说了更多更多，只要醒着就在说话，恨不得在对方脑袋里植入一个自己的副本，恨不得探遍爱人的每个角落。我和他说《苦月亮》，说凯拉·奈特莉，说《漫长的告别》，他和我说蒙特卡洛树，说量子纠缠态，说阿尔萨斯（魔兽世界里的一个重要角色）。幸福的感觉使人昏头昏脑地憧憬永远，我们以为永远有说不完的话。因此当交谈像拧上水龙头一样戛然而止的时候，我俩都有些困惑和慌乱。

这时距离椰子的故事已经六年了，在共同生活的六年里，我们对彼此的细枝末节了如指掌。同住一间房子，去同一家电影院观看同一部电影，吃同样的饭菜，甚至拥有同样的肠道菌群。生活轨迹日益趋于同步是婚姻的必然，它带来安全感的同时也有不小的副作用。我们坐在一起，相距不到三十厘米，却刷着各自的朋友圈，因为过于熟悉而对身边人的所思所想失去了去了解的热切和好奇心。

在某一刻，我回想起那个夜晚，仍然清晰地记得那种心神摇曳的甜蜜。我对胖虎说："我打算计划一次长长的旅行。"胖虎为难地说："我可能排不开时间。"我看着他，暗暗下定决心，无论如何我要重新构建一个属于自己的世界，在我们的世界之外，像行星环绕恒星。我说："是我一个人的旅行。"胖虎不解地问："为什么？"我答他："因为我突然想去一个没有你的地方，等回来的时候讲给你听。"

二十九　人妻和少女

　　在风和日丽的五月末来场一个人的漫无目的的旅行，这着实是个令人向往的设想，然而真要实现它却不是轻而易举就能做到的，尤其对一个已经结婚的人来说。结婚当然有结婚的好处，不然怎么会有那么多青年男女争抢着进入围城，但毫无疑问它也是台自由收割机，一旦步入婚姻殿堂就意味着一切随心所欲、疯狂不羁的岁月都将成为回忆。

　　在日积月累的家庭生活中你会有意识或无意识，自愿或不自愿地承担起芜杂、琐碎、花样繁多的责任。也许一时心血来潮，订好机票收好行李，但动身前不免要忧虑小乌龟没人换水会臭掉，阳台的花花草草可能枯死，冰箱里的食物会腐坏，地板没人清洁，如此种种。而要将这些活儿一股脑儿推给伴侣，安排起来琐碎麻烦，对方难以一一记住不说，自己心里也觉得内疚，毕竟是自己为了玩乐抛夫弃家，留下另一半在后方苦哈哈地承受空房寂寞冷和多出来的家务。

于是我和小米语音时的语气越来越迟疑："现在去台湾会不会有点儿热？我还没开始办手续呢，住在你家太给你添麻烦了吧？"小米悠悠地叹口气："是不是先生不肯放人呀？"

小米是我大学时的密友，外柔内刚，独立冷静，一个不折不扣的治愈系女生。而我多愁善感、任性冲动，每回我处在焦灼状态的时候，她总能三言两语就把我渡到彼岸。大学时，我有一回和当时的男朋友吵得不可开交，哭到半夜才累得睡过去，早上一睁眼，小米坐在我床边，捧着本《圣经》指给我看："你看哪，爱是恒久忍耐。"我愣了一会儿，突然醍醐灌顶。

此刻电话那头的她依然单身，并且三个月前刚辞掉工作去美国游历了一圈，一句话里每个字、每个停顿、每一处语气起伏都洋溢着自由的气息，愈发让我感觉自己身处无形的牢笼。我顿时什么胖虎、什么内疚忘得一干二净，满眼都是自由飞翔的小翅膀，我说："小米，你等着我。"

胖虎忧心忡忡地看着我收拾行李，说："你能别表现得那么兴奋吗？好像特别希望甩掉我一样。"我说："我已经尽量克制了。"过了会儿他又说："台湾有什么好玩的？等放假了我带你去意大利。"我说："这跟好不好玩没关系。"胖虎又想了一会儿，目光变得可怜起来："你就不担心我会死吗？"我说："要不现在给你妈订机票，让她过来照顾你？"胖虎技穷，不再阻拦，只是在我临上车时问了句："还回来吧？"

飞机像洗泡泡浴一样飘浮在白花花的云团上，受规律的生活约束而被折叠的时空，此刻伴随着广阔的视野缓缓舒展开，云层尽头那条平滑的、蔚蓝色的、有着迷人弧度的天际线宛如一条时间轴，一条崭新、自由，可以在未来十天任意支配的时间轴。我忍不住偷瞄一眼手表，下午五点半，正是淘米煮粥的时间，随即趁着飞机降落前把这个念头留在了云层上。

小米从背后扑过来，我扭头一看惊呼了一声，她剪了一个短短的发型，两鬓紧贴着耳朵梳干净，额上的头发则很傲气地全向后背过去，活活一个帅男孩。

"怎么样？今天刚剪的。"

"欢迎我也不用这么隆重吧？"

"当然要呀，人妻，出来一趟不容易，可要放开玩哦。喂，你的裙子都快过膝盖了，也太长了吧。要不要这么守妇道？"小米觑一眼大屏幕上的时间，想起什么似的拉起我开始飞奔，"快走，我要带你去看Damien rice的演出，还有一个小时就开始啦。"

我拖着行李箱跟在她身后，由此进入一个全然不同的节奏。

奔跑是件很孩子气的事情，到了一定年纪后不要轻易尝试，跑不好很容易跑出狼狈感。可小米跑得一心一意，背影那么轻盈、欢腾，我忍不住大喊："你还是个少女。"一阵大笑传过来："少女你个头啦。"

开场前三分钟，我们赶到台北国际会议中心，小米气喘吁吁地掏出票递给我，我一看顿时有些不安，因为我连Damien rice是谁都不知道，怕是对不住这五千块台币的门票。小米体贴地一笑："来听就好。"

三千多人的场地座无虚席，一群媒体围在贵宾区拍个不停，闪光灯此起彼伏。其间不时有观众朝我们这边张望，一回头原来王力宏夫妇正坐在我们后面。我暗想，这场演出的表演者应该来头不小，只能怪自己对流行音乐了解甚少。舞台上除了灯箱和一些乐器，没有别的装饰，白色的烟雾徐徐氤氲开来。

起初我以为会是一个乐队的演出，但是只有Damien rice一个人，穿着极朴素的衣服，拎着一把吉他走上舞台。他一开唱，连我这个外行也着实被惊到了。他的声音会让你相信，如果这个男人爱你，一定会爱很多很多年，那么温柔、深情、笃定，还有几经克制，仍源源不断地流露出来的热烈。我对小米低声说："今晚的一切都太不真实了。"

唱到中途，歌者请工作人员摆上小圆桌和红酒，邀请两个女孩上台，三人围坐在桌旁，一边听歌者讲述一个在酒吧把妹的笑话，一边连连举杯，一口气喝光了两瓶红酒。歌者便在微醺和两个东倒西歪的女孩间完成余下的演出。

但是这还不是真正的高潮，待到散场大家走出大厅，却看见Damien已经从后台跑到大门口，双颊绯红地继续露天演唱，也许是这时红酒的劲头才上来吧。人群立刻沸腾了，呼啦啦在四周围成一圈。小米兴奋地拉我："你听你听，这首歌就是他最负盛名的*The Blower's Daughter*。"这场演出因为Damien的一时兴起而更加令人回味无穷。

人潮再次散去，我和小米依然亢奋，我问："我们现在去哪儿？"小米扬扬眉毛："小姐你想往哪个方向走都可以，想吃什么我们就去吃什么，想几点回家就几点回家。"

这时，几个男生迎面走来，很殷切地用目光和小米搭讪，却自始至终都没看我一眼。我说："你看，这就是人妻和少女的差

156

别。"

"乱讲，我们明明同年。"

"是气质，你呢带着少女感，就是那种不知人生为何物的朦胧和对什么都跃跃欲试的野心。"

"那人妻是什么气质？"

"就是一脸被生活骗了的懊恼。"

我俩哈哈笑成一团，我说："我想起来了，那首*The Blower's Daughter*我听过。大学时看过一部电影叫*Closer*，红发的女主角穿过人群，再过一个红绿灯就要跟男主角相遇时，放的就是这首歌。总算没白来。"

小米仍是笑："票钱赚回来啦。"

我们继续往前走着，并不知道是在哪条路上。雾蒙蒙的夜空里情诗一样温柔的歌声依然在回荡。

"你在想什么？"小米问我。

"一个吻。"

"一个吻？有故事哦，快说，和谁？"

很久以前的一个吻，那时候年轻得没有过去，他紧紧看着我，怕我跑掉一样，然后什么也不说，就那样深深地吻了下去。

"我想，也许是小说里的情节吧。"

三十　俗世愿望

　　小麦和阿原相遇的时候，一个二十三岁，一个二十二岁，都是一无所有。一无所有的两个人坐在一个客栈小院的藤椅里闭着眼睛晒太阳，直到天色将尽，阳光被客栈的小楼遮住，一睁眼，才发现蒙蒙暮色里对面还坐着一个人。阿原天生不喜欢冷场，礼貌地问："来玩？一个人？"小麦一副"关你屁事"的表情起身出门找吃的去了。

　　第二天晚上，客栈老板在院里摆了一个小圆桌，上了几道菜，给即将离开这里的一家三口饯行，见他俩没着没落的，就将他俩叫来一块儿吃。老板劝酒，阿原来者不拒，人都散尽了，阿原一个人坐在藤椅上。小麦来回几趟走过院子都没见他动弹，只是身上多了一条薄毯。直到老板闩上门熄了灯笼，小麦下楼来取干净浴巾准备洗澡睡觉，看见阿原还是一动不动地躺在椅子里。小麦心想，这人不是就这么死了吧？于是走过去伸手试试他的鼻息。

阿原不慌不忙地睁开眼睛问："你有什么想做的事吗？"

小麦见他还活着，就放松了下来，觉得跟他说句话也无妨，就答："活到二十八岁，然后找个最高的楼跳下去。"她烦他再多问，紧接着扔过去一句，"你呢？"

阿原说："出家。"他说这话时的语气不大像开玩笑。

谁也再懒得开口，两人都指望对方说句收场语，结束这场梦呓般的对话，一时间僵持起来。气氛随着时间的拉长而不断变冷。小麦气定神闲地等着，阿原终于不安："我们会这么想，肯定是因为过得不幸福。"

"哦。"小麦不想在这时候扯这么宏大的命题，她有点儿后悔自己多事。

阿原看着逆在光影里的小麦的轮廓，寻思反正这趟旅程已经无聊乏味至此了，口中便继续信马由缰："不如明天起我们不做自己了，演别的人，演一对幸福的人，体会一下是什么滋味。抛弃这个世界之前，总得捞点儿什么吧？"

小麦站在被逍遥无忧的花草围了一圈的小院里，头上顶着一片瑰丽的星空。她看了看那片广袤的天地，心思也辽阔起来："好哇，演谁？"

"我们取两个名字，男的叫胖虎，女的叫大宝，怎么样？"

"我不喜欢大宝，这个名字听着呆头呆脑的。"

"那就'妞'？叫'妞'很可爱。"

"好吧，这两人什么性格？按什么情节演？"

"性格随意塑造，剧本现编现演，反正你就记着这俩人在一起特别幸福，电视剧里不都有这种桥段吗？借鉴一下。"

"演到什么时候？"

"演到咱俩有一个人不想再演。"

第二天早上七点半，胖虎啪啪地敲妞的房门："妞，懒妞，老板熬了粥，起来喝粥。"

妞用被子蒙住头不理他，可是胖虎没完没了地叫她，妞翻身下床，披了件睡衣怒气冲冲地打开房门："大清早的干吗不让人睡觉？吵死了，我不演了，让我睡觉。"说完啪一下摔上门钻回被窝。

胖虎热情洋溢的笑瞬间僵死在脸上："不演就不演，什么臭脾气，老子不伺候。"可是下楼的时候，他想到后面的旅途注定枯燥，有个旅伴总胜于无，不如忍这一次。

妞穿好衣服洗漱完毕下楼的时候，见胖虎还在院里坐着，守着身旁桌上的一碗粥，有些过意不去，她坐下，捧起粥碗喝得干干净净，抬头轻声说："胖虎，一会儿我们出去逛逛吧。"

两个人走在古镇里，看什么都新鲜，胖虎看到有个大爷挑着担子卖鲜花，就跑去买了一束勿忘我送给妞。妞看到路边一大篮子新鲜草莓也跑去买了两斤，胖虎接过来拎着。一路逛过首饰店、乐器店、糕点店、小吃店，好不开心，两人玩得忘了时间，看天色渐晚想回去的时候，却发现迷了路。

妞问："你还记得客栈的名字吗？"

胖虎摇头："没留意。"

两个人转来转去，却觉得每条路都很相似，完全没了头绪。妞有些着急，她讨厌这种茫茫的迷失感，蹙着眉头又问："你能想起客栈附近有什么特别的标志吗？"

胖虎认真地想了想，说："我记得我们出来的时候，大门边蹲着一只小黄狗。"

妞愣了愣，随即咯咯笑起来，越笑越欢，手上的鲜花撒了一地。胖虎盯着她看了一会儿，说："妞，你笑起来还挺好看。"

最后，客栈老板骑自行车挨条街转悠，找到了他们两个人。胖虎说："老板真是大好人。"

老板哼了一声："我是怕你俩就这么跑了不给房钱。"

回到客栈，妞打了一桶井水细细地洗草莓，一个一个揪掉绿色的叶梗，放进白色小筐，胖虎在旁边陪着，聊着白天时发生的事，又笑了一气。

一连逛了几天，两个演员渐入佳境。妞发现了有胖虎陪着的诸多好处，他不但可以提包拎袋，买东西算起账来脑袋也十分好使，对于买三送一划算还是打八折划算这类问题，不等老板拿计算器，胖虎已经给出答案了。高兴处两人也会聊些各自的事情，得知他们是从同一个城市坐同一个航班到达这里时，妞竟然有些没来由的激动。

有天下午突然下了场雨，天气骤然冷起来，胖虎陪妞去买了条披肩。待挑好还完价结完账，胖虎大概想验证下自己的演技，就问老板娘："你看我女朋友漂亮吗？"

老板娘有着中年女人的敏锐和世故，扫了他俩一眼，说："你俩乍看起来像相好的，细看眉眼又少了点儿热乎劲儿。刚处吧？"妞在旁边听见了，抿抿嘴，心说演的和真的毕竟不一样。

那晚两人都喝了点儿酒，走回来时街上空荡荡的，风一过，妞的披肩散了下来，胖虎走到她前面拈起披肩的一头重新搭到妞的肩头上。借着酒意，胖虎的眼神突然有点儿放肆，他说："我们不演亲热戏，看起来怎么会有热乎劲儿呢？要不演一场？"

"在这里？"

胖虎叩了一下妞的脑门儿："你喝多了吧？在这儿一会儿准被抓起来，当然是回客栈了。"

妞也觉得自己的话好笑，咯咯笑起来，笑着笑着也放肆了，她从披肩下伸出一只手："别的不行，不过，你可以牵我回去。"

胖虎攥住妞的手："你这手生得好，肉乎乎的。"他牵着她走了几条街，走进客栈小院，牵着她上了楼，站在她的房间门口，意犹未尽地看着她。妞走进门跟他说晚安，刚要关门又打开了，他俩一个站在门里，一个站在门外。

妞说："我不能再跟你演了，明天我就要回北京了。"

胖虎一怔，然后笑了笑："那你早点儿休息，我也回去睡了。"

妞回到屋里，怅怅地收拾行李。窗外，老板大叫了一声："熄灯啦。"六个红彤彤的灯笼依次暗了下去。

第二天早上七点半，胖虎啪啪地敲妞的房门："妞，我也不待在这儿了，我跟你一块儿回去，你订的哪个航班？我也去订张票。"

妞故作镇定地去开门："还演？瘾这么大？"

胖虎答："亲热戏还没演，不甘心呢。"

妞被胖虎的举动激出一股江湖豪气："好，今晚就演。"

两人下了飞机直奔酒店，妞落落大方地往床头一倚，风情万种地看着胖虎，胖虎在她的注视下开始脱衣服。他本想一口气脱掉上衣，谁料两件套头衫领口交叠，卡在头上下不来，胖虎在里面一阵左冲右突，好容易挣脱时，气势已消减大半。再往后他越脱越紧张，越脱越扭捏，脱裤子时还险些摔了一跤。胖虎被这件自他六岁起就熟练掌握的技能搞得满头大汗、狼狈不堪。他有点儿生自己的气，懊恼地坐到床边。

妞安慰他："还是循序渐进吧，我们先演睡觉的戏，一起睡到天亮怎么样？"胖虎感激地点点头。

第二天早晨，妞醒来看见胖虎正眨着小眼睛看她，见她醒了，说："今晚还住酒店好吗，还像这样睡一晚。"

妞不解："你住酒店就为了看我睡觉？太奢侈了吧？"接着，她像不认识胖虎一样仔细打量着他，"别说，胖虎你还真的有点儿特别。"

他们一连睡了五晚，胖虎没钱了。妞给他出主意："住酒店不是长久之计，你要还想一起睡觉，咱们得租个房子。如果没钱了，你就得去演上班的戏。"看着胖虎犹豫不决，妞又说，"如果你演上班的戏，我就演做饭的戏，每天给你做好吃的。"胖虎终于点了点头。

数日里胖虎每天早起挤在地铁车厢晃荡一个多小时还要倒趟公交去上班。这天他在公司又挨了领导一顿批评，回来的路上胖虎想着回去怎样开口说他演不下去了。他一推开门，妞就兴冲冲地跟他说，她做了他最爱的花生山药炖排骨和炸鸡翅，米饭也盛好了放在了桌上。胖虎一口一口地喝着汤，把没说出口的话就着汤一起咽了下去。

他想再忍忍，一忍就忍到了发工资。胖虎把妞叫过来，一沓一沓地递给她钱："这些是交房租、水电的，这些是生活费，这些给你买漂亮裙子。"胖虎心里美滋滋的，突然有种大当家的感觉，末了，他不好意思地说："妞，能把最后那沓还给我吗？我没钱吃午饭了。"

当然，出戏也是常有的事，演着演着阿原就会跑出来捣乱，被一帮朋友呼啦啦叫去网吧玩游戏，有时十二点回，有时两三点回，也有时候不回来。妞说也说过，闹也闹过，都没什么用，这天她打算跟胖虎摊牌："胖虎，你就不能不去吗？"

"我从小玩到大，真的戒不掉。"

"那周末去，白天去，晚上别去行吗？"

"有时候刚好大家时间凑到一起就顾不上了。"

"你不回来我睡不着觉。"

"那我去玩的时候你就不用演，好好睡觉。"

妞摇摇头："我试过了，不管是妞，还是小麦，都睡不着。"

妞心里痛痛的，刚要说最后那句话，突然想到昨夜胖虎睡着了还在梦中找她的手，结果就说了句她想扇自己脸的话："那我陪你一起去。"

于是胖虎想玩游戏了妞就陪着他，坐在胖虎旁边，或者看电影或者逛淘宝，实在困了就躺在椅子里打个盹儿。两人常常从网吧钻进黑夜，沿着寂静无声、空荡荡的街回去。一种暗无天日的感觉。

过了一阵，胖虎却玩得越来越少，最后几乎不去了。妞问原委，胖虎说那里面空气不好，很多人抽烟，我听你总咳嗽。妞低头偷笑，胖虎见她又乖又甜的模样，目光有点儿挪不开。他问："上次我们半夜回来的路上，特别冷的那天，路上你念了一首诗歌，能再给我念一遍吗？"

妞心情很好，乐于满足胖虎的要求，她顽皮地晃着脑袋，像个小学生一样脆声念诵："我想要一套小房子，能做你的小妻子，一起提着菜篮子，穿过门前的小巷子，饭后用不着你洗盘子，可你得负责抹桌子，再要个胖胖的小孩子，可爱得就像小丸子，等你长出了白胡子，坐在家中的老椅子，可会记得这好日子，和我美丽的花裙子。"

胖虎抿抿嘴唇，像是在品尝这首诗的滋味，点点头，说："真好，叫什么名字？"妞说："《俗世愿望》。"胖虎说："名字更好，俗世里有这么一个小小的愿望。"妞说："对呀，小小的一个就够了。"

又过了很久很久，胖虎担心的那一天终于来了。那天他回到家时，妞正在厨房里炖红烧肉，浓郁的香气勾人口水，胖虎站在妞身后，看着她扎着围裙的背影，真像个小娘子，去年生日送她的耳环在她肉肉的耳垂上闪着光。

胖虎说："妞，今天你生日。"

妞忙着往锅里倒酱油，匆匆地说道："是吗？我都快忘了，不过二十五岁之后的生日也没什么好庆祝的了。"接着，她仿佛想起了什么，慢慢转过脸，"胖虎，我们已经演了五年了吗？已经这么久了？"

胖虎点头："是五年，你今天满二十八岁了。我带你出去庆祝下吧。"

妞说："肉快好了，就在家里吃吧，平平常常就好。"

胖虎说："那我去把蛋糕取回来，前两天订的，鲜果奶油蛋糕。"胖虎往门口走去，走到门口又折回来。

阿原走回来，走到她的身后，问："小麦，你二十八岁了，你还想死掉吗？"

小麦停下手里的活儿，依然背对着他，问道："我要是死了，你会怎么样？"

阿原想了想，说道："大概会陪你一起死，除了你，什么对我都没有意义。"

小麦再次转过身时，脸上已经湿了，她那么深那么深地看着阿原，说："我还是想死去，阿原，你也陪我一起死吧？我们永远不再出现，让胖虎和妞好好地一直生活下去。"

三十一　小日子 ☁

日落时，我们正坐在西山的山顶，俯瞰之下山的影子如潮水般缓缓向东推移，山下的行人、汽车并没有被这快要将他们吞噬的影子吓坏。事实上，没有人注意到影子的存在。风轻微而散乱，难以辨认方向，只有当它触碰到汗津津的皮肤产生清凉的惬意感时，才泄露出一点儿踪迹。我正专心用意念捕捉着，一旁的胖虎掏出手机打电话："妈，晚上我想吃凉面，细面，配菜要黄瓜、绿豆芽，不，不要胡萝卜，肉丝可以加一点儿。有花生碎吗？芝麻呢？除了辣酱，可以再放点儿麻酱，好，谢谢妈。"

我朝他翻了个白眼，这个时候都能想到吃！

胖虎解释："一切美好的事物都能诱发我的食欲，有时候和你待着待着觉得挺幸福的，我就想去吃个西瓜。"

我又朝他翻了个白眼："不过胖虎，你什么时候变得讲究了呢，一碗凉面也吃得这么矫情？你一直以来的需求不是活着就行吗？"

胖虎低头一想："还真是，从什么时候开始的呢？"

山林的颜色开始变得暧昧不清，不时传来几声归巢的鸟儿的啼啭，除此之外，空旷的天地间一切寂静无声。在这样安详的情境里，似乎一切细枝末节的话题都值得被探讨。

我说："我妈来北京后一直买不到菊花脑做汤，上次回南京就带了些菊花脑的种子过来种，结果没有活，连芽都没出。所以这次回家她就干脆拎了一花盆过来，用报纸仔细包好，一路上坐完汽车坐火车，又是怕磕到又是怕捂死了，好不容易带过来的。要是搁在以前，我也看不上这样的事，就为了一碗汤，何必这么既劳心又劳力的？可是那天我妈把报纸打开的时候，我竟然有点儿为那棵菜紧张。"

胖虎问："怎么样，活了没？"

"刚打开的时候还算精神，下午就开始打蔫儿了，现在生死未卜，大概有点儿水土不服吧。"

胖虎点点头："以前我们不在乎这些。"

我说："以前我们不在乎生活，也许连生活是什么都不知道。"

没错，什么是生活？我一直记得高中时读完刘震云的《一地鸡毛》后那种满嘴鸡毛的污浊感。那对当时毫无生活经验、对未来怀有朦胧憧憬的我来说，无疑是一次成人世界冰冷残酷的展示。平凡的主人公奔波在琐碎的日常间，每天使他烦扰忧虑的不过是要不要买过冬的白菜、给孩子找幼儿园、老家来了穷亲戚。一斤馊掉的豆腐便成为他和妻子争吵的导火索，而帮同学卖鸭子赚了点儿外快又

168

能使他心满意足。主人公犹如一个疲惫的陀螺，旋转在狭小逼仄的世界里，而他身边的一切都是那么平庸、俗气、渺小、乏善可陈。

我当时生气地想，不管这是不是生活的真相，肯定都不会成为我的活法。因此每每看到家人在梅雨季节过后翻出箱底的旧衣物铺满整个院子晒夏，或是穿着随意地走到街上排队剁盐水鸭，诸如此类的琐事，我总会躲得远远的，并为此而气恼。

令我惊讶的是，有一回当我无意间和妈妈说了对生活的看法后，她竟然很理解我。妈妈十几岁时被迫响应国家上山下乡的号召中断了学业，被下放到城郊林场伐木，八九年的时光就这样荒废了，虽然后来回到城里，一切也渐渐走上正轨，但她总不免为自己的青春而惋惜，也一直在想象另一种人生。很自然地，她把希望寄托在独女身上，期待我在更广阔的天地里有一番作为。在摆脱庸碌的日常生活这点上，我们不谋而合。在我上大学之前，我妈从未让我接触过家务，甚至我爸对此也是默许和支持的。

胖虎说："妈不怕你嫁不出去吗？"

我说："有阵子我妈认为嫁人也可以划为琐事之类忽略不计。"

胖虎哈哈大笑，笑了一气停下来说："我父母也差不多，一直想出国没出成，就一心想让我出去，只要跟出国有关的事，他们有求必应。"

我们是怀着波澜壮阔的心情一路向前的，速度快得令人眩晕，途经的景致还没来得及看上一眼就被远远抛在身后，更不会为了一块砖、一朵花、一餐饭停下来。有得吃便吃，有得睡便睡，但谁也不会认真，因为相信前方有巨变，而那才是真正的人生。

我对胖虎说："记得那年我在北京工作得好好的，有天领导问我：'广州有个很好的机会，你要不要试试？'当时我还养着两条狗，可是我竟然在一周内处理掉了房子，收拾完了行李，把狗往我堂妹家一放就走了。我妹说我心狠，但那时候的我完全被高跟鞋敲打在机场大厅地砖上那种清脆、急促的节奏蛊惑了，一心一意奔向未知。"

幸亏后来一切慢下来了，当到了某个时候，某个人生经验积累到能够看清关于前方的幻象的时候，时间就慢下来了，我对生活也有了更宽厚的理解。

胖虎说："你是说甘于过平凡的日子了？"

"可以这么说吧，就是觉得一直这样过下去也没什么不好。去年冬天我第一次走进一位朋友家的时候真是眼前一亮。北京那么重的雾霾，昏天黑地的，可是她家里的餐桌上、书桌上都摆着各种罐子，里面插满一簇簇的鲜花，小雏菊、蝴蝶兰、山茶，去洗手间时一关门，眼前又是一大捧棉花，真像个世外桃源。当时我就想，时间的横向里也是有很多空隙值得填满的，何必跑得那么急？那段时间，我一有空就往她家跑，学着泡茶、炸辣子油、灌香肠，有种很踏实的快乐。我大概就是从那个时候开始在意生活的细枝末节的吧。

"从此我们的小日子过得红红火火。

"我以前看书最怕看到食记之类的，心说有那么多惊天动地的故事可写，为什么偏要在白萝卜、大葱上浪费笔墨。现在渐渐能体会那其中的滋味了，就是林语堂所说的以自我为中心，以闲适为格调，到了真正安于生活的时候才能懂得。

"说到这儿，我想起一件事，你在英国的时候给我打过一个长途电话，整整二十分钟只说了一件事，那就是详细对比了中英两国的猪肉，并且分析了英国猪肉难吃的原因。因为过于人道，你是这么说的，饲养的时候不肯阉割导致肉质不够细腻肥美，屠宰的时候又不忍血溅三尺，用的是电刑，因此不管怎么焯水、加作料，肉里都有一股血腥味。所以呢这个电话足见端倪，别看表面糙，你骨子里还是一个讲究人。"

　　胖虎得意地站起身："现在讲究人要回家吃讲究的凉面了。"

　　我也站起来跟在他身后往山下走去，下坡的途中身后追着半个月亮。我想，这幅画面如果能定格，题名"小日子"再好不过。

　　小日子是小小的日子，不掺杂严肃的命运和宏大的愿景，一切触手可及，稍稍努力就能成真。这是我们醉于内心微小的喜好，不厌其烦地去实现它的一刻，也是摆脱了他人的期待和功名的绑架，无限接近于自己的一刻，在这样的时刻里，偌大的天地才真正有了一方我们的归属地。

三十二　挂在时钟指针上的猫

去台北找小米玩的时候，我第一次见到Rini先生，当时小米推开公寓的房门，用甜腻得无以复加的语气大叫了一声"Rini"。我以为会从里面走出一个男人或是一个小孩，但是过了片刻毫无动静。显然小米对对方的反应已经习以为常，耐心地又唤了一声。这时从房间的某个角落传来一声尽可能省力气的、轻柔的猫叫，循着叫声看过去，一只虎斑猫不得不起身应酬似的，缓缓走过来，可即便如此，它依然步态优雅，毛茸茸的尾巴傲然耸立，显得礼貌而有教养。它先是紧贴着小米的小腿蹭过去，简单有效地回应了她的热烈，顺便淡淡地扫了我和行李箱一眼，算是打过招呼："你来啦？"接着Rini回到沙发前躺好，见我们还在门口站着，拖长了声调又叫了一声，俨然在说："请便。"

Rini是小米的一位朋友出国前托付给她的，从它来到这所公寓的第一天起，便以其俊朗的外形和淡然儒雅的气质俘获了小米及室友的芳心，几个姑娘将它团团围住宠溺不止，不仅所有床铺任它流连，更是随时保证饭盆里食物满满，使它免受食物匮乏之苦。

Rini很快在新环境里安顿下来，因紧张引发的掉毛也只是象征性地掉了一下下。衣食无忧，美女环绕，Rini心情大好，开始发胖。起初天天见面，小米并未察觉到微小的变化，可当她去加州旅行回来，看到一月未见的Rini比原来大了一倍，如一张小型地毯般盘在地板上时，着实被吓了一跳。此时Rini大腹便便，上下床时透着股狼狈劲儿。为了它的健康，也为了颜值，小米狠狠心开始为它制订节食计划，一天只吃两顿，每顿还得抠着吃。

我见到Rini时，它算是微胖界的美男子，与正常健美的身材已十分接近，只有跳跃时微微晃动着的肚皮显示出曾经发福的迹象。因为还在节食，Rini常常饿，时不时就表达一句想吃饭。这种叫声很特别，可以轻易从其他叫声中区分开来，悠长、凄婉，带着小心翼翼和试探，但是都会在三声内停止，绝不纠缠。

我刚到的前两天，Rini表现出的态度是不排斥也不亲近。有一天早上，它一边叫着饿一边往卧室走来，正好和去厨房的我迎面碰上，Rini立刻放低音量，贴着墙边敏捷地和我擦身而过，紧接着在身后提高音量，继续拖着哀婉的腔调找小米去了。它既没有漠视我的存在，也没有宾主不分地乱叫一通。这种对亲疏关系的准确把握和自然得体的处理方式使我大为欣赏，我从此称呼它"Rini先生"。

我小的时候家里前后养过好几只猫，因此我对猫的秉性还算了解，想让它们放下戒心只需行事大方自然，态度友好而不亲昵就行。相比强烈情感带来的羁绊和压力，猫更喜欢恬淡宁静中的相互独立，这样的相处虽然有些淡漠，但也更为舒适、自由。偶尔小米情难自禁，逮住Rini一边亲热地呼唤一边爱抚，Rini的眼中总是流露出惊恐的神情，挣扎着落荒而逃，惹得我们大笑一气。

两天后，Rini对我随意了不少，开始愿意在晚上和我们在一张床上合寝了。见我和小米洗完澡换上睡衣了，它就跳到床尾卧下，半眯着眼睛偷听我们说私房话。早上醒了呢，它也不出声，仍是眯缝着眼睛，叫它两声才用尾巴敲打几下被单，宣告自己的存在。猫的世界里是没有时间的，它们的意识像是永恒而静止的一点，除去维持生存的活动，猫呈现出一种没有方向的、没有因压力或欲望而变形的、完全松弛的生命状态。

我和小米听着歌聊着天，看一眼Rini就觉得时间还早，直到肚子饿得咕咕叫了一看时间，才发现已经在床上打发了四个小时。我想，Rini是一只挂在时钟指针上的猫，虽然给人以时间变慢和静止的假象，但其实它和时间一样快，一秒不差。如此说来，所有的猫都是挂在时钟指针上的猫。记得郑振铎就曾写过"我坐在藤椅上看着他们，可以微笑着消耗过一二时的光阴"，又有位作家说"写作时它们跳到我的腿上打呼噜，不知不觉就过去了几个小时"。由此可见，猫咪在催眠时间这方面有多厉害。

在遇到Rini之前，我已经很多年没有养猫也没有和猫相处过了，因为儿时养的最后两只猫一只死于难产，一只误食了鼠药，它们死前的惨烈程度深深烙在了我的记忆里，伤了心。可是这一趟旅行注定和猫有缘。过了几天，我们去给小米的朋友过生日，遇到了菜瓜布和默默两只猫，仿佛时机一到，猫咪们又呼啦啦地重新出现在我的视线里。菜瓜布是黑虎斑，默默是橘虎斑，和Rini一样都是男生。它们本来分别是男女主人各自的猫，后来主人结婚了它们也就搬到了一起。和小孩一样，如果眼前只有一个小孩，你会觉得小孩就是这样的，但是当出现一群小孩有了同类参照的时候，你就会发现他们之间的差异。

每只猫的性格都是如此不同，如果说Rini是一位绅士，默默就是一个傻白甜，菜瓜布呢，据说是个暴君。从头至尾它都被关在猫屋里旁观我们的聚会，男主人说它太凶残怕伤及无辜。可是我隔着玻璃看到的却只是一只打着领结、坐姿乖巧的猫咪，因为在暗处，它那黑黑的瞳孔几乎撑满了本就圆而大的眼睛，越发显得无辜了。我于心不忍地把手伸到门锁处，说："它看起来真的人畜无害。"

不料，我话音未落，即引来群情激愤，大家几乎是异口同声："不要被它的脸骗啦。"为了使我彻底信服，受害者们开始轮流控诉菜瓜布的恶行，什么被它穷追不舍咬破脚后跟啦，把别的猫打得头破血流啦。我在沸沸扬扬的江湖传闻中困惑地看着菜瓜布，而它也是一脸懵懂，那神情和惹我生气时的胖虎颇为相似，就是对自己的天性浑然不知，看到对方气急败坏的样子才扭头一想，我又做错了什么？

吃完晚饭，男主人神秘地说："给你们看一个表演。"说着，他钻进阳台，回来时手上拿着一根新鲜的草叶，默默一见立刻冲上去，极尽撒娇讨好之能事，抱住男主人的腿一阵痴缠，毫无底线。而它吃了几片叶子后立刻在沙发上摊成泥，眼睛直直地看着前方，嘴角还挂着一丝傻笑。小米拍拍我说："这是猫薄荷，猫界大麻。"临走前她向肉肉要了几片，我们急急地赶回家，都很期待看到Rini激情四射的一面。

175

小米一脸坏笑地晃晃叶子："Rini过来一下哦。"只见Rini步伐优雅地走过来，低头嗅嗅，居然转身优雅地走回去了。小米不死心地追过去把叶子紧贴着它的鼻子："这可是猫薄荷呀，你再好好闻闻。"Rini依然不为所动。我看了这一幕，钦佩地说："不沾黄赌毒，你果然是个绅士呢。"

回到北京后，我仍会时时想起这些可爱的猫咪，原来心中一直欣赏也向往它们惬意而理所当然的活法，只是要恢复养猫的勇气还需一些时日。

所幸，一个偶然的机会，我得知住在楼下的一位奶奶收养了流浪猫，有回她看见我拿着纸箱要扔，就问能不能留给她，她去换了钱买猫粮。于是从此一有报纸、箱子之类的杂物，我就整理好放在她的门前，久而久之成了一种默契。

有天傍晚我回家时，几只流浪猫卧在门口的瓷砖地上纳凉，见了我，眼中闪过吃过苦的猫特有的紧张和戒备，然而大约是贪恋身下的一片凉爽，欠了欠身，终于还是卧下了。我从它们之间穿过去，心中得到一片暖暖的慰藉。

三十三　远方似情人 ☁

　　汽车已在阿塞拜疆边境的山谷里盘旋了七个小时，我们除了谷歌地图，对前面的路况一无所知，由于信号全无，GPS无法定位，每遇到岔路口就像一场轮盘赌。加之文字、语言不通，偶尔碰见一个村民，也只能与对方面面相觑，比画半天他也不知道我们要去哪儿，我们也不知道他指的路通向何处。而比上述情况加起来都糟糕的是，照在公路上的阳光已经消失，天就快黑了。

　　荒郊野岭的夜晚所包含的危险不言而喻，何况还是在政局不稳的异国边境！姑娘们更像是安慰自己般不断说着没事没事，可心里清楚这回玩大了。不过此刻说什么都多余，要总结教训也得先摆脱眼下的危机再说。这时，坐在副驾的瑞秋突然叫起来："前面的树冒烟了，不会是着火了吧？"其他人将信将疑地凑到窗边去看，车子正在下坡，视野开阔，离车五百米处大概长达一公里的树冠上浓烟滚滚，不时蹿出火舌，果然是森林火灾。

这真是我的人生到现在最不可思议的一个黄昏，我看着眼前犹如梦境的景象，满脑子都在想一个问题：我为什么会出现在这里？我为什么不是在舒适的咖啡馆、开满鲜花的公园，抑或是自己家的餐桌旁，而是和五个同样疯狂的女人挤在一辆租来的、盘旋在深山老林，也许下一秒就会突然抛锚的小汽车里？

我手机里的最后一条消息还是几个小时前胖虎发来的，让我注意安全，遇到危险就跑。其实让他担惊受怕正是此行让我最得意的部分，只是我没想到自己真的会被结结实实地吓到。还记得我在机场说完再见潇洒地转身，把忧心忡忡的胖虎留在身后时，心里爽得连说了几个"Yes"。结婚五年，胖虎已经见识过我所有招数，大有道高一尺魔高一丈的趋势，现在竟然还能有一招能震慑住他，我也就顾不上计较代价了。

事情还得从头说起。大约两年前的某个很平常的早晨，我忙着很平常的事，手机屏幕闪出一条消息："一起去伊朗吧。"是瑞秋发来的。伊朗？我反复看了几遍，脑袋里仍是一团白雾，这是一个我的想象力无法触及的地方。我回她："给我个理由。"两分钟后，瑞秋发来了那句话："如果这次不跟我去伊朗，也许你这辈子就错过它了。"

说真的，我很感动也很心动，要知道从上小学认识瑞秋的第一天起，二十多年她从没说过这么煽情的话，搞得我的心脏一阵酥软。如果她说的是巴厘岛、名古屋、布拉格，我立刻就答应。可是伊朗，怎么说呢，它不是那种如果你有十天假，会立刻想去的地方。只是心动似乎还欠一把火，要下定决心出发，尚需一个特殊点儿的、与之相配的缘由。我回复她："让我想想。"其实我已经有了婉拒的意思。

谁知道当天晚上就有人为我点了这把火。胖虎下班后照例一头扎进书房打游戏，前两天他刚为自己购置了两台新的显示器和电竞耳机，正沉浸在双显示屏和7.1环绕立体声效营造出的枪林弹雨声里。我几次过去叫他吃饭，他都是点点头就不再动了，和他说话他也是充耳不闻。这还不算完，等到十二点，他终于从书房出来准备睡觉，又靠在床头玩起了手机游戏。我的心情可想而知。

我说："胖虎，别玩了。"

"好，等我打完这盘。"胖虎轻快地敷衍着，压根儿没注意到我杀气腾腾的眼神。

"胖虎，放下手机，该睡觉了。"

"嗯，马……哎哟。"胖虎"上"字还没说出口，就被我一脚踹到了床下。可他竟然不慌也不恼，甚至没有立刻爬上来，而是腿挂在床边，上半身仰面躺在地板上，两手依然抱着手机坚持战斗。看到他这副不可救药的样子，我听到心里有个声音在说："是时候了。"

"本想跟你商量，但现在我决定了，我要去伊朗。"

胖虎爬起来："我不玩了，你别生气。"

"我是认真的。"

第二天一早，我就给瑞秋打电话说我去。瑞秋对我的态度转变之快有些意外，提醒我："这一趟要去十五天左右，你时间排得开

179

吗？"

"排得开。"

"伊朗的条件很一般，我们队长也比较会省钱，你得有个心理准备。"

"我没问题。"

而从这天起，胖虎就一直追在我后面："妞，我就是玩个游戏，你也不至于去什么伊朗嘛。"

"你真的要去吗？去多久，和谁去？

"伊朗可不安全，你走这么久我不放心，而且那边女人的地位很低的，你被欺负了怎么办？"

我的感觉好极了，婚后随着了解的加深和生活日趋稳定，胖虎大概觉得我安全得像冰箱里的一块冻肉，所以才有恃无恐，越来越放肆。现在难得有机会享受他紧追不舍我疯狂逃窜的快乐，像是重回恋爱时光。

关于旅行的部分，从我与可乐带领的旅行小分队会合，搭乘廉价航空的飞机前往德黑兰开始，到现在已成为一年一度的仪式。每年开春，小分队的成员们便蠢蠢欲动，等待可乐的召集令。

作为灵魂人物的队长可乐因为爱喝可乐得此绰号，同时她也具备喝可乐的资格——不管喝多少，腰身仍然盈盈一握。可乐是个厉害角色，在控制开销上的毅力和手段令人惊叹，我们几乎是以一种一毛不拔的省钱方式完成了整个行程，所受的苦里有一多半是因为省钱，但不可否认这个贯穿始终的主题也使得旅程妙趣横生。

交通上，我们大多选择步行或地铁，如果实在需要打车，可乐会要求司机把所有人和行李塞进同一辆车。好在我们去的地区对车辆的装载极限相当宽容，换作国内，一辆后备厢关不上、车顶绑满行李箱、副驾摞着两个姑娘的出租车是绝不会在街头出现的。即便这样，我们还要和气喘吁吁的司机讲价，当然讲价的主力永远是队长可乐。可乐说她很享受这种角力，一路上被她折磨过的除了司机，还有餐厅老板、旅店老板、向导，不管对方属于哪个种族，信仰伊斯兰教还是天主教，她均一视同仁。

看在只要花大几千就能玩上半个月的分儿上，队员们大部分时候都服从安排，除非忍无可忍才抗议一下。记得去卡兹别克山的中途我们停车方便，洗手间门口守着一位老奶奶，需要付费才能进去，一人0.5拉里（合人民币1.3元）。我们急着掏钱，可乐说："慢！"接着开始跟老奶奶比画，意思是能不能便宜点儿，两个人0.5拉里？老奶奶大概自收费以来从没碰到过还价的事情，用看怪物一样的眼神扫视我们，用力挥手表示坚守原价。可乐转身同我们商量："要不，去路边找找草丛？"气得瑞秋大喊："谁不急的，把她抱住，其他人往里冲。"

我们只住民宿，次日吃早餐时不管吃的是什么食物，都会默契地交口称赞女主人的手艺。女主人受到鼓舞心情大好，一般都会多送上一份，而这一份就是我们的午餐。

有次一行人刚准备离开纳卡（纳戈尔诺·卡拉巴赫），几名年轻男子上了前面一辆车，招手示意我们跟他们走。

我警觉地问："他们想干吗？"

可乐眯起眼睛："看手势像是要请我们吃饭，我在攻略上看到过，当地人很热情，会把外国人带回家吃饭。"

瑞秋将身子往前探了探："挺帅的，尤其穿格子衬衫那个，但……还是算了吧，安全第一。"

我们点头同意，只有可乐若有所思。

瑞秋问她："你怎么想？"

可乐说："要不我们去吃？车子别熄火，情况不对就跑……"说着说着，大概她自己也觉得过分，末了叹了口气，"还是走吧。"车子开出去几百米了，可乐回头很不甘心地看看那顿错过的大餐说："晚饭就煮点儿泡面吧。"

汽车在路边急刹车，梅跳下车俯身呕吐，她是迄今我唯一见过的，开车把自己开吐的司机，我们着实数不清已经拐了多少个一百八十度的急弯。可乐忧心而内疚地看着梅说："看来这一段又要成为我的黑历史了，你们就是对受苦受穷的事记得最牢，要是不省这点儿钱，雇个当地的司机就好了。"好在最后有惊无险，我们拦下一辆过路车，司机大叔很热情，并且碰巧懂点儿英文，带着我们的车驶离了山区。

不过正如可乐所说，回国后我们最为津津乐道的就是这段冒险的经历，还有那些本该被打扫进记忆角落，或沮丧，或危急，或艰苦的时刻。要问原因，我想也许是在物质匮乏时，真正美好的事物才能不被遮挡地凸显出来；也许是我们在脱离了一切都理所应当的舒适圈，己所不能及的瞬间，看清了自我的边界。正是这些时刻定义了我们的旅行，使得美轮美奂的清真寺、塞凡湖掠过的水鸟，不经意间成为镶嵌在故事里的闲笔。

胖虎至今想不明白为什么他的一时任性会对我造成如此大的刺激，以至于每年都要跑去奇奇怪怪的地方把自己折腾得灰头土脸。

我趁机告诫他："那你就乖一点儿，别再刺激我，不然我也不知道自己还会做出什么来。"但我没告诉他，虽然最初的远行是因他而起，可后来却像无意间打开了一个宝箱。每当可乐笑眯眯地说："走，跟我走遍地球上的犄角旮旯。"那未知的远方就会像一个充满魅力的情人冲我无比动人地勾着手指头。

三十四　中年危机

今年七夕节，我指定胖虎送一本渡边淳一的《男人这东西》作为礼物，胖虎纳闷儿："有这个必要吗？"

我点头："我认为我对你的了解并没有比刚认识你那会儿多一点儿，我们之间不但隔着文科生和理科生的沟壑，还有段男人和女人两个星球的距离。我经常，特别是和你争执三四个小时后会怀疑我对你的所谓了解都是误解。所以我想科学、系统地研究下男人这种生物。"

胖虎嗤之以鼻："凭什么男人就是这东西，怎么没有'女人这东西'？"

"还真有，渡边淳一料到你会这么问，所以又写了一本，等你生日我送你。"

胖虎摆摆手："还是算了，我怕越看越糊涂。我们要是像阿凡达那样，尾巴一绑就能互通意识就好了。"

"是辫子，不是尾巴。"我纠正他。

而接下来一个月发生的事仿佛是以上对话的详细注解。

即使同样的事物，男人和女人的感受也大为不同，比如时间。女人能清楚地感觉到时间的流逝，尤其过了二十五岁以后，几乎是听着秒钟的嘀嗒声过来的，并且始终保持着与之对抗的姿态，以神农尝百草般的勇气和毅力实验一切延长青春的方法。所以到了三十岁，虽然伤感也伤感，焦虑也焦虑，但因为有了漫长的心理铺垫，还是能够接受现实的。而男人一路浑浑噩噩，等突然意识到时光飞逝，这才后知后觉，往往一时难以招架。胖虎就是这样遭受命运暴击的。

那晚，他熬夜看Ti（DOTA2国际邀请赛），我叫了几遍，他也不肯睡觉。

我问："就那么好看？"

胖虎一脸兴奋地转过脸："你知道奖金池有多少钱吗？两千万……美金呢。"

我好奇地凑过去，想看看通过一场比赛就可能成为千万富翁的战队长什么模样："一群小孩？"

"过了二十五就不适合玩游戏竞技了，你没发现我现在玩游戏的时间也越来越少了吗，手速跟不上会被群嘲。"胖虎叹了口气，不过还没来得及伤感，注意力就被比赛吸引过去了。这个小插曲算是个引子。

几天后的晚餐时，胖虎兴致高昂地聊起愿景，一会儿要干这个一会儿要干那个，从共享经济、传统行业互联网化，一路聊到量化交易，听得我云里雾里。我好心提醒他："胖虎，我有一个不成熟的建议，如果你刚大学毕业，多做点儿尝试很好，但你已经三十一岁了，职业规划应该务实一点儿，程序员的青春是很宝贵的。"

胖虎仿佛被按了暂停键，脸色也渐渐变了，他疑惑地看向我："我已经三十一岁了？"那神情就像是刚刚发现有几年的青春不知被谁偷走了。

看到他的反应，我也不知所措起来："对呀……你几岁了自己不知道吗？每年的生日都有给你过呀。"

"难怪我前两天熬完夜到现在也缓不过来，我老了。"胖虎停止进食，神色忧伤地走回房间，整个人虚弱得像刚听完一个噩耗，而所谓噩耗不过是个存在已久的事实。算着自己还有五个月过生日的我感到不可思议，不过到了晚上还是劝慰了他一番。可不管我说什么，胖虎始终一动不动地躺着，末了我只能无奈地拍拍他："别难过，我明天做排骨粥给你吃。"

我以为胖虎只是对时间的感觉有些迟钝，等反应过来接受事实也就好了，谁知几天过去他非但没有恢复，反而越发委顿了。一个大男人仿佛被小公主附了身，整天沉浸在自怜的情绪里，冷不丁来一句："我现在身体一天不如一天了，我一件好衣服也没有。""我都三十多了，怎么能天天骑着电摩托混在一群美团送餐员和快递小哥中间？都没辆像样的车。""北京有什么好？我一点儿也不喜欢北京。"总之，一夜之间生活处处与他为敌。

听了胖虎无数的抱怨和不满，我终于明白了，意识到自己已过而立之年的胖虎开始用现实检验二十岁时的梦想，发现落差如此之巨后直接迈入了中年危机，是的，整整提前了十年。

偏偏那段时间外围环境也推波助澜，对年过三十的程序员们充满恶意。先是华为裁撤三十四岁员工、IBM清退四十岁员工的新闻闹得沸沸扬扬，接着，中兴一名四十二岁的程序员在绝望中纵身一跃。

胖虎更加消沉，请了长假在床上一躺数日，直勾勾地盯着天花板，说道："我特别能理解中兴那个哥们儿的感受，你们别说他不负责任或者懦弱。他这么做是因为他看见了，自己一生就像条狗一样卖命，为这个为那个，等到把自己烧完了，却连做条狗都没人要。一个男人活得一点儿尊严和自由都没有，毋宁死。"顿了顿，他又说道，"我也看见了，我看见了天花板，就我这样的做到头，四十岁能拿到一百万年薪就很不错了。"

我小声说："一百万很多了。"

"我的意思不是一百万两百万，而是我看见了有限，未来成了一个具体的、算得出来的数目。况且四十岁以后也没人要我了，互联网公司看起来满嘴理想、人类未来，实际都是绞肉机。"

"也不一定吧，人生还是有很多变数的。"

"变量是侥幸，我相信大概率。"

胖虎这一番话听得我心惊肉跳，从我们认识以来，我还从没见过他这么深不见底的悲观，这么待下去怕要坏事。"胖虎，你出去玩玩吧，想去哪儿去哪儿，稻城也行，冰岛也行。"我忍着肉疼把私房钱悉数奉上，"爱吃什么吃什么，爱买什么买什么，开心就好。"

诗与远方虽然老套，但它确是遭遇困境时最明智的选择，成年人的生活密度大，事摞着事，人挨着人，一个地方出问题很容易牵连其他，以致全盘垮掉，远行不一定能找到出路，但至少可以避

187

免留在原地搞破坏。胖虎拿上钱，借用我的浪迹天涯小花箱走出家门。我长长地舒了一口气，当下开了瓶红酒。这段时间家里的低气压实在让人窒息。除了要求胖虎每天报声平安，其余我一概不问，只在心里默默祈祷他别演上一出《月亮和六便士》。

　　大概一个星期后，我突然接到胖虎的电话，声音令人意外地热情洋溢："妞，我有个计划，你想听吗？"

　　"想，什么事这么开心？"

　　"我决定在海边买套房子。"

　　"什么？你不是正在寻找自我吗？"

　　"找到了，就在这套房子里，我已经看好了。而且不早不晚，三天后开盘，这就是命中注定，等我们老了没处去时，至少可以带着你住在这里。"

　　"先买辆车行吗？买房子这么大的事也不能说买就买呀。"我措手不及。

　　"非买不可。"

　　"哪儿来的钱？"

　　"借。"

　　"你容我想想。"

　　"认筹金我已经交了，不买也不退了。"

　　一个理性的人感性起来是可怕的，一个从不任性的人任性起来威力也是巨大的。我上一次像这样被逼到墙角，还是被胖虎疯狂追求的时候，真是一样的墙角不一样的滋味。

　　"买了你就不闹了？"

"买了我就不闹了。"

得得，我心说什么时候男人也开始从房子上找安慰了？晚上我打电话和朋友吐槽这件事，她安慰了我几句之后，接着说她弟弟最近也要买房，她把积蓄都拿出来支持他了。我听出了味道，匆匆挂了电话。大城市里人人自顾不暇，跟房沾边的都是敏感话题。这倒是提醒了我最好别考验友情，还是按血缘关系亲疏远近列个名单，厚着脸皮电话拜访吧。

隔天，我坐在银行窗口前，递上存折："全部取出。"眉目清秀的柜员小哥翻翻折子，好心提醒我："这笔，还有这笔定期再有一个多月就到期了，现在取，会损失不少利息。"

我给他一个"难道我不知道吗？你现在提醒我，不是让我又心痛一次吗"的眼神，答他："急着救人。"小哥很懂事，立马安静而飞速地帮我办完了业务。

我揣着一张勉强凑够首付款的银行卡飞去海边，在售楼处的沙盘跟前找到了胖虎。沙盘大得不可思议，几乎占去了室内一半的面积，上面泳池、绿植、跑车、购物中心、火山、公园，所有景观一应俱全，精致得像座微型城市。甚至用真沙和湛蓝的玻璃模拟出了长长的海岸线，不愧是高度商业化的时代呀。

胖虎的头发、胡子都长长了，但是精神亢奋，眼睛痴痴地盯着灯光乱闪的楼盘模型，像个被玩具勾去魂魄的六岁男孩。而我咬牙展现出慈爱的一面，开盘当天用数年"双十一"攒下的经验帮他抢到了这间价格昂贵的玩具。

交定金、办贷款、签合同，好一番折腾后，我终于领着胖虎登上了回北京的飞机，他像换了块新电池一样再次容光焕发，叽叽喳喳地说个不停。

我说：“胖虎，渡边淳一我是白读了，想着千里之外的一套毛坯房，真的能让你安心？”

胖虎笃定地点点头，说道：“孟子曰：'有恒产者有恒心。'”

得得。

事后我渐渐得知，身边不少外地的朋友都纷纷赶往买得起房的地方购置房产，再回到北京上班，不知道是胖虎无意间赶上了一波潮流，还是社会上的年轻人集体在闹中年危机。

三十五　柿子树

　　我最后一次去探望外公，是在十月的一个下着雨的午后。时值国庆假期，我们一如往年前往外公家参加聚会。十年前外婆还在时，我们习惯说去外婆家，后来外婆过世就换了叫法。家还是那个家，与我家距离并不远，步行十五分钟就到。路上的一阵雨下得很猛，不管怎么小心，我们的鞋子还是被浸得透湿。妈妈不断提醒胖虎把伞往后举，他只顾面前，伞沿落下的水滴把后背淋湿了也浑然不觉。

　　大门打开的一瞬间，从里面飘出一团暖融融的云，门里面的景象是我再熟悉不过的。外公的众多子女儿孙前后脚赶到，一团热闹地寒暄、泡茶、剥橘子、交换礼物。小孩子在由桌椅和大人们的腿、脚营造出来的复杂地形间追逐嬉戏，房间里的声音越来越大，每个人必须全神贯注才能将远在"对岸"的谈话进行下去，每每门铃声响起，便掀起一股新的热浪。

胖虎虽然已经和我结婚四年，参加这样的聚会也不下十次，但当他迎向人群时仍有些惊慌，并且永远也分不清谁是谁，只是绷紧身体拘谨地穿越人形森林，含糊地叫着"姨好""姐夫好"。但我热情的姐姐们怕冷落了这个最小的妹夫，总是时不时把他从角落揪出来调戏一番，直到他面如土色，再也说不出一个完整的句子才肯放他回去。

　　聊天的间隙，妈妈习惯性地看向楼梯口，那是多年来外公出场的固定位置。不论什么节日，外公都会像平常一样早上七点准时坐在写字台前，剪晨报、作诗一首，做完这些才起身缓缓出现在楼梯口和晚辈们打招呼。外公的出现包含着某种严肃性，也意味着本次聚会生效，就好比主持人在大家入场后宣布大会正式开始，没有这个步骤，我们的聚集就是散漫的、无组织的、非官方的。这是自我有记忆以来雷打不动的仪式。大家都停下来，循着我妈妈的目光看去，交谈时的笑意还停留在脸上。

　　在这个由惯性推动的默契中，大家晃神了，忘记了这一天外公并不在书房，三天前的晚餐后他突然陷入昏迷，现在依然躺在医院的重症监护病房。仿佛命运的一个响指，给前半段的欢愉画上句号。停顿的一秒钟过去后，房间里的气氛为之一变，大家再开口时都有些心不在焉。虽然舅舅已打电话通知了每个家庭，但直到此刻大家才真正接受事实，事实变成一个幽灵占据了本该外公出现的位置。

　　外公已经九十五岁高龄，这是他一年内的第三次住院，并且势态一次比一次严重。所有人都很清楚他的离开只是时间问题了。我本以为老人长寿，多少会减轻一些离别时的痛苦。但我没有想到，正是因为长久的相伴，使得那些由一点一滴的时间浇筑起来的传统那样坚固，因根植于心而不可撼动。当它被打碎的时候，我们将会多么惊慌失措。

窗外的雨小了一点，大家开始商量接下来做什么。因为医院规定，对每次探视的人数和时间都有严格限制，而我和胖虎隔天要回北京，因此大家一致同意当天下午由舅舅带我俩去医院。至于其他人，妈妈提议，柿子长得差不多了，不如一起去摘柿子。

我现在回想起那个下午，是一定要做点儿什么的，而没有比摘柿子更好的主意了。胖虎小声问我："哪里有柿子树？"我说："在我们家老房子的院子里，那里现在已经没有人住了。"为什么摘柿子要这么多人去，何况还下着雨。胖虎仍对这个集体行动表示不解。

因为年年如此，我搜寻着合适的词汇去解释一件我觉得天经地义的事情。那棵柿子树原本是我外公种在后院里的，后来因为房子拆迁才挪到我们家来。刚挪过来的那年，大家很担心柿子树经了折腾活不成，没想到它争气得很，不到半年就枝繁叶茂，入秋后果实也结得毫不含糊，热热闹闹地挤了一树，绝不逊于往年的盛景。于是大家松了口气，拿出准备好的网兜、篮子，一年一度的采摘传统得以延续下去。

记得小时候外公家的后院是我们一群孩子的乐园，里面不但种了柿子树，还有无花果树、橘子树和满架的葡萄。我们对季节最感性的认知就是从惦记果实何时能成熟开始的。不仅是小孩子，大人们也爱聚在院子里谈论果树的长势，预测当年的收成。饱含期盼的关注滋养了果树们的自尊心，结起果子来尽职尽责，不但外形体面，滋味也比市面上卖的醇厚、鲜美。

队伍走到路口分成两支，一支往西一支向东。我回头看看，竟有些羡慕摘柿子的那队人马，因为我预料到即将面对的场景会在今天和未来的日子里一直让自己不好受。胖虎提醒我不要踩到水坑，舅舅问我们明天几点的火车，都是些无关紧要的话。

我们走到医院重症监护室的门口，护士开始给家属们分发防护服，我们相互帮对方在背后系好带子，我被衣服上的消毒水味熏得睁不开眼睛，咬紧牙默念"不要流眼泪"。被叫到名字后，我们拐进门慢慢走向外公的病床，鞋子和地面隔着厚厚的鞋套，一点儿脚步声也没有。这个时候我脑子里不断浮现雨水流过柿子青绿色弧线的画面，晶莹的水珠里折射出已不复存在的院落。我用力地、尽情地想象着柿子树和柿子压在手上沉甸甸的感觉，因为我根本不相信眼前这个气管被切开，插着呼吸机，已经瘦成一段枯木的老人是我的外公。

舅舅抓紧时间给外公因血流不畅而出现瘀紫的手做按摩，他俯在外公耳畔一遍遍唤着"爸爸、爸爸，醒一醒，我们回家了"。舅舅虽也年过花甲，但只要有"爸爸"可以叫，就还是孩子。在外公家热闹的客厅里，他的孩子的孩子们陆续带回男朋友、女朋友，挨个儿地结婚，秘密传递怀孕的喜讯。外公笑眯眯地听着，随即从衣兜里掏出红包。没有外婆管账后，外公就随身装着红包，以备不时之需。可谁也没想到，每一个新生命的降临，都会将外公向生命的边际推得更远一些。

医生说外公处于深度昏迷状态，已感觉不到任何痛苦，这多少使我们宽慰。我问他外公会做梦吗？医生迟疑着摇摇头，我不懂他的意思是不会还是不清楚。但我相信外公正在做一个长长的美梦，梦里应该都是外婆吧？他写了那么多悼念外婆的诗，一定很想她。

说起外公和外婆的爱情，那真是一段佳话。外婆过八十大寿时和我们说起她十八岁嫁给外公的事，说着说着突然娇嗔地问外公："老头子，我们结婚后一起走在路上，你为什么一个人跑那么快，我跟在后面追都追不上。"外公有些腼腆地低下头，说："那时候我不好意思。"我们又闹着要看他们的结婚证，外公解释他和外婆是父母之命，媒妁之言，没有结婚证。从此，调皮的晚辈们就拿这件事打趣他们，说他们非法同居了六十多年。而外公每次都会认认真真地解释一遍："我们是父母之命，媒妁之言。"

外公外婆的婚恋对子女影响深远，这点从我妈妈身上就能感受到，她自幼没见过父母吵架，便认为夫妻不该争吵。她认为年轻人说的"没有共同语言"都是找借口，最大的佐证就是外公官至校长、县长，而外婆是文盲。在对待我的婚姻问题上，妈妈仍延续着她不可救药的浪漫。胖虎要娶我时，她红着眼睛对胖虎说："我对你什么要求都没有，只要你爱我女儿，不能变心。"我姑姑急忙在桌子底下踢踢她的脚，妈妈这才想起来似的补充道："那个……家也是要的，最好能买个房子。"我结婚后，有一次妈妈哭着给我打电话说她看透了爱情，说我爸不爱她了，末了问："胖虎还爱你吧？"我想了想说好像也没以前那么爱了，接着，我和她哭成一团。

来探望外公，我自始至终都没有哭，直到和外公告别，走出医院。尽管有些伤感，但我打心眼儿里觉得这一切的安排是那样自然、安详。回到外公家楼下，我远远看到一行人每人提着一大兜连枝带叶的新鲜柿子走来。我问胖虎："想吃柿子吗？"胖虎什么时候拒绝过吃的？我说："那我们带一些回北京吧，现在还不能吃，要在阳台上放着，直到颜色橙红，通体透明。那时打开一个小口吮吸，果肉汁水就融化在嘴里了。"

回到北京过了二十来天，有天晚上我突然接到妹妹的信息，说她今天领证了。我正编辑着表达祝福的短信，妈妈的消息紧接着发过来，短短几个字，告诉我外公去了。我一时陷在悲喜的罅隙竟不知道该作何反应。这时，卧室外传来胖虎越来越近的声音："好吃，真好吃，妞，柿子熟了。柿子树能活多久呀，我们以后一直都能吃到吗？"

我愣愣地盯着他，胃里一阵翻腾，突然放声大哭，哭得上气不接下气，抽噎着质问他："你为什么要吃柿子？"胖虎吓坏了，以为是因为自己抢了我的柿子，急忙上前把剩下的塞到我嘴里，还问我好吃吗。黏稠甜腻的汁水混着眼泪的苦味一起滑进食道，那一刻我真想手刃他。哭到精疲力竭，我倒在床边骂胖虎："你这只蠢虎、臭虎，你什么都不懂，柿子树比你活得还久，它能活到永远，永永远远。"

三十六　创业者的妻子 ⛈

　　盯着灯罩里一只硕大的飞蛾看了半小时后，我的心情坏到了极点。它一动不动，八成已经死了。那就意味着我得拆开灯罩清理尸体。顶灯位于床的上方，没法放梯子，得站在床沿，踮着脚，胳膊伸到极限，才能勉强摸着卡扣，上周为了换灯泡，我冒着摔断腿的危险刚折腾过。

　　不过这不算什么，环顾一圈，窗上挂着我量好尺寸去定做又亲手挂上的窗帘，洗手间的淋浴喷头和厨房的热水管已换成新的，门锁修过，窗纱补过。虽少不了专人帮忙，但我也累积了不少水电维修的经验，扳手、钳子用得越来越溜，什么换个水龙头，装个置物架不在话下。

　　可如果仅仅是这些，也就没什么好说的了，真正由一只飞蛾牵引出的，让我难过的事情是，胖虎似乎已经从这个家消失很久了，尽管他每晚回来睡觉，但已没有任何心思应付家庭琐事，留我一个人面对生活的漏洞修修补补。

回想四年前胖虎问我愿不愿意支持他创业，我痛痛快快地就答应了，心想支持又不会少块肉。可到如今我才意识到一句随口的支持意味着什么。敢于承受孤独的、漫长的、乏味的等待，是一个创业者的妻子必须具备的素质。起初是等他成功，换豪宅、买玛莎拉蒂，后来没了这么大的野心，就只是等他有时间，看我的眼神重新专注，等他回到缺席已久的丈夫的位置上。

若以占据身心的程度来看，男人的事业远比某个年轻貌美的女人更称得上是婚姻中的第三者，而对于创业中的胖虎，我时常感觉自己才是第三者，瞅准时机往他和工作之间插一脚，拉他吃一顿饭、看场电影、睡上一觉，现在还要变成一名优秀的水电工，我受够了。

这时，胖虎洗完澡走出浴室。"灯罩里有只……"我"蛾"字还没说出口，胖虎冷不丁扑上来求欢，一阵胡乱扑腾，笨手笨脚有失水准。我烦得把他推到一边："你这是要跟我练摔跤吗？"

胖虎作罢，心不在焉地问："你刚才说有只什么？"

"有只……"我本想和他摊牌，积攒许久的委屈却不知道从哪儿说起，"算了。"

"你陪我下楼打羽毛球吧。"

"现在可是晚上十一点。"

"我真的很想打。"

我看一眼胖虎，终于察觉出他整晚不对劲："有事？"

胖虎低头看脚，看来被我猜中了。一直以来，胖虎于生活就像一只闯进瓷器店的老虎，小错不断大错也犯，搞了破坏就跑，我只好到处逮他。

多年的猫鼠游戏玩下来，胖虎在防守上很有一套。比方说闯了什么祸，他起床时不说，吃早餐时也不说，一定要等到上班了再发条微信给我陈述事实加认错，这样挨到下班回来，我的怒气已消掉大半。如果避免不了正面交锋，他也会强行制造一个好消息，一好一坏打包送给我。现在他着急去开阔场地，肯定是想着情况不妙可以跑，可见不是什么好事。

我们在路灯下站定，夜深人静，开球的声音格外清脆。胖虎认真地打了几个回合却迟迟不开口，他越是这样我心里越打鼓，过去的每分每秒都变成砝码挂在事情的严重程度上。

"手机又丢了？"

"没有。"

"借钱还不上了？"

"不是。"

"去洗浴中心按摩了？"

"……"

"妞，我们公司今天解散了。"

"什么？"我漏接了一个球。

"除了我们四个核心创始人，其他员工今天下午都遣散了，说是回去等消息，其实再回来的可能性不大。"

"可前几天你不是说公司刚拿到融资，要扩张吗？"

"投资方违规操作，钱被银监会冻结了，没到账。"

寥寥数语像是一封宣判书，判了公司死刑，也宣告胖虎四年的奋斗徒劳无功，他的江山都要亡了，我那些一草一木的俗世烦恼便显得无足轻重，纵有千百种委屈此时也说不出口了。

我无法想象他在一天之内失掉所有，包括十二个苦心培养的下属，是什么心情。我还记得他刚创业那会儿，他有个下属粗心大意各种捅娄子，胖虎思来想去决定劝辞却开不了口。他一会儿说对方家境不好每月要补贴父母，一会儿说对方已经订婚，如果丢了工作，女朋友可能会跑。婆婆妈妈多日，后来又抱着电脑连刷两天《权力的游戏》，催眠自己杀伐果断。结果呢，他帮那下属找好工作，又自掏腰包请了顿送别酒，即便这样，人家走后他还是内疚了好几天。

后来，人员流动得频繁了，胖虎便顾不上次次这样心痛了，他说他正变得无情，我觉得不是无情，而是创业的风浪里无处安放一颗玻璃心。

再看胖虎时，他如悲情英雄般站在一片肃穆的光晕中间，头上不知不觉间竟然生了那么多白发。他问我："你还能看见未来吗？"

我看看他身后，说道："正在来的路上，有点儿堵。"我骗他的，其实我什么也看不见。我们被困在一段没有光的隧道里，未来没来，后无退路。

"我在想要不算了，我可以找个别的公司去上班。你呢，你怎么想？"

"要不先回去？"

"再打一会儿吧。"

一切来得太突然，我还来不及有想法，两个人奋力挥舞球拍，却都有种挥之不去的滞重感。走到最艰难的这一刻，我不禁有些怀念四年前对今天一无所知的我们。胖虎一脸兴奋地跑回来说他要创业的情景犹在昨日。

当时，他为了说服我支持他，做足了功课，花几个钟头阐述了一份详细的商业计划。他从互联网创业背景一二三四，到专业优势一二三四，讲得头头是道。他说，团队已初具规模，都是优质"海龟"，什么常青藤、帝国理工，还有自带资源的"富二代"。投资人也已就位，对他们的项目很感兴趣，资金到账是分分钟的事。至于客户，已经排队在等开发团队的产品上线了……

梦想之所以迷人，是因为她凌驾于现实，高高在上，糅杂了野心、智慧、信念、浪漫，当然也需要纵身一跃的勇气和赌徒的运气。她既有现实的重量，又似梦境般缥缈荒诞，充满未知和戏剧性。

我听着胖虎不着边际的讲述，虽然心里有许多怀疑和顾虑，但他眼里的光亮让我想到当主持人问："你的梦想是什么？"年轻的马云腼腆一笑，说："改变世界。"观众都笑了，接着所有人见证了他是怎样把一个玩笑变成传奇的。

所以我决定先于别人支持胖虎，相信他的未来。我的信任反过来又激励着胖虎，说到最后他自己也完全相信自己所说的一切即将发生。"困难当然有，但困难就是用来被克服的。"胖虎目光如炬。

第二天，我做了一顿丰盛的早餐，欢送胖虎登上创业的巨轮。不，确切来说是我们一起上了船。因为后来我才意识到，虽是胖虎创业，但任何风吹草动其实都和这个家，和我息息相关。不知天高地厚的年轻人不经历一次，是绝无可能了解把一个想法变为现实需要走多远、多难的路的。等我发现脚下踩着的不是巨轮，而是漏洞百出的小舢板时，已经离岸十分遥远了。

因为没有亲身参与，我对公司的情况知之甚少，全靠隔三岔五从胖虎嘴里打探几句，再根据零零星星、虚虚实实的信息猜个大概，因此对公司的运营状况始终云里雾里。胖虎呢，自尊心作怪，有意报喜不报忧，偶尔藏得不周全便露出破绽。

他说他有一个做程序员的下属身体素质特别好，一顿能吃五十个饺子或者两百个烤羊肉串，每天跑步上班，五公里的路喘都不喘。

过了一阵子，他又说有一个做前台的下属，喜欢周末去爬野山，有次爬到山上一棵很高的树上跟他视频，说着话突然从树上掉下去了，手机都摔碎了人竟然一点儿事都没有，全靠一身脂肪弹起来了。

隔了几天，胖虎继续说有一个做网管的下属："现在零下三摄氏度，你知道他穿什么吗？就一件短袖T恤，他特别能吃所以不怕冷。"

我说："你这三个下属真像亲兄弟。"谁知胖虎的神色一阵慌张，引得我只好问下去，"胖虎，你有几个下属？"

他含糊其词说不多。

"不多是几个？"

"反正我有下属，肯定有。"胖虎开始偷换概念。

"那你说的这三个下属是不是同一个人？"

胖虎不吭声了。

"他到底是什么职位？"

胖虎小声嗫嚅："他其实是一个兼着程序员和网管的前台。"

"那你呢，只是技术总监吗？"

"也是人事经理。"

"合伙人呢？"

"他是产品经理和美工，还有……也做会计。我能去睡觉了吗？"

"等等，你们公司的规模和我理解的有差距呀，到底一共几……"

"会变大的，会变大的。"胖虎打断我，夺路而逃。

这还不算完，后来有一天胖虎高高兴兴地回来告诉我，他帮A招到一个实习生，再也不用和他共用一个下属了。我不由得暗暗心疼那个多才多艺的前台。

不但员工个个是万金油、救火员，公司方略也是瞬息万变，除了创业不变，其他一切，时刻都在调试。一个会开完，胖虎手头就增加了几项新业务，又一个会开完，可能刚完成一半的项目被砍掉了。PC端开发得好好的，见完投资人就改成了移动端。对于这种灵活，我倒是能理解，因为创业公司体量资金单薄，几乎不具备抵抗风险的能力，也就没有试错的权利。

渐渐地，胖虎像陀螺一样越转越快，分秒日期都对他失去了意义，他用另一套单位来标注时间。比如模块创建日、demo发布日、内测日。其实不只是时间，生活里的一切似乎对他都渐渐失去了意义。他说有天公司楼下饭店的老板问他要不要换个菜，因为他已经连续吃了三个月的回锅肉了。又一天夜里，我被一阵声响吵醒，睁眼一看胖虎已经穿戴整齐准备出门，我问他去干吗，他说去上班，他刚想到一个漏洞的解决方案。我一看时间，才凌晨四点半。

每次和他说到家里的事，他就仿佛从一个时间以另一种速度流逝的世界回来，脸上露出世上已千年的恍然。这感觉就像眼看一团风暴将他挟裹其间，飞快地旋转着离我越来越远，那心情是既怀有期待，又感到苦涩和无奈。

随着胖虎不再补贴家用，回来的时间越来越晚，我们用一己之愿附加在创业上的光环也逐日暗淡下去，直到它从一个辉煌的目标分解成为无数琐碎、具体的现实。

四年间，"创业"二字所包含的意义已发生深刻的变化。起初它自带创新、颠覆、冒险等带劲儿的属性，若是再魔幻一点儿，还能想象出李彦宏、马云、扎克伯格，敲钟上市，重整商业格局等意象。仿佛只要抄起冲浪板，就能冲上第四次工业革命的浪尖，奋力一搏财富便唾手可得。可是真的上了船、离了岸，喧嚣的人群渐渐消失，那么，除了深不见底的海和前方的迷雾，就什么也看不见了。创业变成具体、琐碎的现实蜂拥而至，它是船舱的漏洞、生病的船员、海上的飓风、失灵的发动机……左冲右突、救水救火间期望值迅速跌落，诗和远方不敢奢望，每天下班公司还活着已是幸事。

同样，开始为了一次融资成功就欣喜若狂，后来也练就得云淡风轻，因为对创业公司来说，所有的目标达成，都意味着新的开始。A轮融完还有B轮，B轮融完还有B+轮，几轮之后可能公司估值遇到了天花板，必须寻找新的盈利增长点，于是一切推倒重来。

创业公司何其脆弱？任何风吹草动都可能给它带来致命打击。资金链断裂、核心人员离职是危机；拿到钱发展扩张没把握住也是危机。公司很努力，大环境不给力，同样不济。因此，成功是天时地利以及无数个正确决定成就的，在心里算一下这种可能性，再遇到什么利好消息时，我也只敢高兴一下下。

想到这里，我心里已经有了答案，照这样下去，除了疲倦和拮据，成功遥遥无期。我俩都已经汗流浃背，胳膊酸痛不已，可谁也没说停。两个人咬牙发狠地打球，只听羽毛球嗖嗖地往来。不知不觉东方已发白。胖虎先放下拍子，不知怎么我心里一沉。

"妞，你还记得我开始创业的第一天，临出门时你对我说了什么吗？"

"记得，我说'一生能有几次以命相搏的机会'。"

"还有一句'胖虎加油'。我去公司上班了。"

"嗯，去吧。我等你回来。"

后记：公司停摆三个月后我们卖掉婚房，做好打持久仗的准备。八个月后，公司再次拿到融资，被遣散的员工回来了七成。一年后，APP产品正式上线。

三十七　月亮的背面 ☁

　　"百花深处"包厢里静悄悄的，偌大的橡木餐桌旁现在只剩下两个人——曹书记和小麦。二十分钟前，曹书记的秘书说要起草明天会议的讲话稿匆匆离去，五分钟前小麦的领导唐总似乎不胜酒力，让司机扶着他歪歪倒倒地出了门。几分钟前还觥筹交错的喧闹场面倏然冷却下来，静得有点儿怪异。小麦微微发涨的脑袋稍稍冷静，这才感觉事情不对头。

　　今晚是市政府和唐总的公司正式签约的好日子，新闻发布会后唐总很贴心地又安排了一个小型而私密的庆功宴。两个领导各带一个贴身下属，气氛就颇有点儿自己人的亲密了。席间谈话的内容无关项目，也没了发布会上的拿腔拿调，全是吃喝玩乐的话题，时不时来一段互诉衷肠。小麦早已见怪不怪，在她看来控场能力是一个领导必须具备的素质，长袖善舞、八面玲珑向来是唐总的绝活儿，她不但不反感，反而有几分佩服。

她主动和杨秘书碰了碰杯，感谢对方这段时间的支持与配合，仰头喝下一整杯琥珀色香槟，小麦心里热乎乎的。今晚她是真高兴，双方在合约上签字的那一刻，她长长地舒了一口气，心中尘埃落定。为了这一天，她一刻也不懈怠地努力了九个月。而回报是丰厚的，唐总承诺把项目资金的百分之零点八，也就是二十万元，作为提成奖励给她。

小麦举着空杯子，微微晕眩，二十万元，只有她知道这笔钱对她意味着什么。她可以和阿原租一套自己的公寓，不再为了省一点儿房租东奔西走，可以好好买两身像样的衣服，蹬着亮闪闪的高跟鞋迈向崭新、体面的生活。甚至她可以和阿原拿这笔钱经营一个小小的甜品店或者咖啡馆，过上温馨惬意的日子。这二十万元，是她和阿原结束暗淡、混乱的当下，登上驶向未来的金色帆船的垫脚石。她激动得有些颤抖，面带红晕地对唐总报以感激的微笑。唐总斟满酒，回敬她一杯，席间洋溢着一对亲密战友的默契。

而现在，周围是一片似结束而未结束的安静。提前离席的两人打破了四人关系微妙的平衡，坐在小麦对面的曹书记看着竟是那样陌生。她有点儿不安，斟酌词句准备结束这场酒宴。曹书记先开口了，他脸上同之前一样慈祥的笑使小麦稍稍安心："再来一瓶香槟怎么样？我看你挺爱喝的。我们可以在这里喝，也可以，嗝，拿到房间去喝。"曹书记摸索着从包里掏出一张贵宾卡，"你们唐总想得很周到，已经替我们在楼上准备了房间。"

曹书记的语气还像之前那么温和，他用这样的语气谈论自己的女儿学游泳的趣事、夸赞小麦的专业和努力，也用这样的语气说黄

207

段子、哄小麦宽衣解带陪他上床。那语气中的冷静、淡然，甚至让小麦在一瞬间怀疑是不是自己太大惊小怪了。

小麦转过脸看看窗外，从这里可以看见整座城市的灯火，她以前觉得这些五颜六色的灯光真美，有了它们的装点，城市的夜晚如梦如幻。小麦胃里一阵泛酸："我去趟洗手间。"她反锁上门，深呼吸几口，身体因为情绪的剧烈起伏而颤抖，她走到盥洗台前打开水龙头，不断捧起冷水泼在脸上，双手撑在光洁的台面上，等待呕吐感消失的时间里，也等待着情绪平复。

也许是酒精的作用，镜中的脸庞比两小时前更加娇艳。两小时前，她正站在阿玛尼的试衣镜前。在来酒店的路上唐总执意让司机在购物中心停车，为她挑了这身黑色真丝素绉长裙。至简的款式，略显沉闷的颜色，却刚好压住她因太过年轻而肆意洋溢的野性，她袅袅婷婷地站着，不时转身扭头展示给唐总看，就像一只刚被驯服的小鹿，活泼优美又不失高贵。唐总眼里一半是欣赏，一半是满意，爽爽快快地买了单。

小麦原本心怀感激，感激唐总懂得在适当的时候不忘满足一下年轻女孩的虚荣心。可其实呢，他只是系上昂贵的丝带使礼物看起来更加贵重。从头到尾大家心照不宣，只有她是蒙在鼓里的傻瓜。

这次合作本是水到渠成，唐总的项目需要拨款，而曹书记需要借这个新媒体平台作为政绩，赢得两年后的换届选举。各自得利，皆大欢喜。可她是什么？为了拿到这二十万元的提成，难道要她累死累活拼了九个月后再连骨头一起献上去？在他们的眼里，她不过是庆功宴上的一瓶香槟酒，酒会结束时的一碟樱桃蛋糕。

难怪唐总今天签完字后向她挥一挥合约，她知道他是在示意属于她的那一份即将到手，但，是在过了今晚之后，原来他比她更懂这笔钱对她的意义。她视他为职场的导师、一位能力出众的领导，忠心耿耿地追随其后，而他给她设了这样险恶的一局。

这笔提成只有口头约定并无书面文件，赌的就是她舍不舍得前功尽弃。只有一步之遥，她当然不甘心。

小麦细细打量镜中的自己，脸上以为是红晕的地方原来是出了不少酒疹，以前倒是没有这种状况，也许是今天喝得太急。她看着自己白皙、修长的脖颈，想象着曹书记亲吻在上面的景象。只在阿原面前赤身裸体和既在阿原面前赤身裸体又在曹书记面前赤身裸体的她肯定不再是同一个人。他们装作若无其事地引诱她跨到彼岸，与他们为伍，而她在半醉之间还是看到了这条界线发出的微光。

这是一笔肮脏的交易。虽然覆在上面的一切，香槟、美食、银行卡、房卡、丝缎，全都在卖力地闪闪发光，但也掩盖不了丑陋的本质，这是一笔卑劣、恶心、肮脏的交易。

小麦轻蔑地笑了起来，她摸摸包，里面有唐总给她用来结账的一万元现金。她轻快地走出去，俯在曹书记耳边柔声说："我先回去了，我男朋友还在家等我呢。您吃完后也早点儿上楼休息吧。"说完，她扬长而去，甩手把曹书记惊诧、愤怒的脸关在门后。

一股豪情在支撑小麦走进小区后逐渐消失，她感到虚弱不堪，她费力地爬到六楼时已经精疲力尽了。她在黑暗中摸索着开门，她好希望今晚阿原在等她。这是一套合租的房子，七十多平方米的房子里挤了三个住户。阿原嫌房间狭小、吵闹，能不回来就不回来，他常在朋友家或者网吧过夜。但是今晚小麦希望他在房间里等她。她没有开灯，摸索着走进自己的房间，爬到床上，触碰到了一个结实的身体，这叫她安心。

小麦从背后抱住阿原，把脸深深埋进他的两个肩胛骨之间。

她问："阿原，你爱我吗？"

阿原迷迷糊糊地回答道："嗯。"

"再多爱我一点儿好吗？"

阿原转过身把小麦揽进怀里，擦去她满脸的眼泪："不要怕。"

第二天，他们一直睡到中午才醒。窗帘拉开的一瞬间正午的阳光倾泻而入，照亮一屋沉闷的宿气。阿原问："今天不上班？"小麦点头。阿原看出她有心事，但也没多问，只说："大晴天的，我们出去好好吃一顿吧。"

两个人简单收拾了一下，手牵着手出了门。他们穿过楼下绿化带绿油油的矮灌木丛，经过一个书报亭，又经过一个公交站台，哪里也不急着去，走得惬意而轻快。小麦感觉身体轻飘飘的，不时确认一下双脚踩在水泥地上的触感，免得像一只被阿原牵着的气球那样飞起来。走到步行街时，他们放慢脚步，开始挑选沿街的一排餐厅。小麦看到店员打开笼屉时冒出的白雾，突然很想吃小笼汤包。

他们选择在店外的木质凳椅上坐下，两人不约而同地盯着远处草坪上两只追逐着的金毛犬看了一会儿，然后才翻开菜单。

小麦很豪迈地说："随便点，我请客。"

阿原笑："你发财了吗？"

小麦笑嘻嘻地拍拍鼓鼓的包说："是的。"

手机响起来，是唐总打来的电话，小麦犹豫了一下，挂了电话，直接把他加进黑名单。一切解释、责难、佯装，都毫无意义，她已经看清他，也已经做了决定。况且，她不想让他打扰这个她和阿原难得的午餐，他已经打扰过太多次。

这天他俩食欲都很好，一口气吃完六屉汤包。小麦突然抬起头凝神听了会儿，说："你听，哪里在放Vincent？"阿原说："你喜欢这首歌？那我们去找找。"两人起身结账，手牵手循着歌声慢慢走过去，原来是一家美式餐厅，两人索性又坐下来，阿原要了一杯柠檬汽水，小麦要了一份布朗尼蛋糕。歌曲已经变成《亲密爱人》，歌手低沉的嗓音像被阳光晒暖的丝绒一般。

小麦说："吃完这盘布朗尼，看你都是甜的。"阿原说："喝完这杯水，我好想去洗手间。"小麦拿起盘子里的樱桃丢他。

两人回去的时候太阳已经西斜，小麦和阿原手牵着手的影子长长地落在蛋糕店外静谧的木质地板上。小麦透过玻璃窗看见店里的冰激凌月饼又闹着要进去。阿原宽容地笑笑，替她推开门。小麦问年轻的女店员："什么时候过中秋节？"女店员说："已经过去半个月了，这些月饼现在都在打折促销，让男朋友送你一盒吧。"

小麦回头问阿原："你有印象吗？中秋节，那天我们是怎么过的？"

阿原摇头："记不清了。"

"那我们就把今天当中秋节吧，这么好的节日不应该错过。"

小麦挑了一块巧克力口味的月饼，掰了一半给阿原，两人一路走一路吃。一朵云遮住了太阳，天色暗了不少，四下里渐渐起了风。小麦理了理被风吹乱的头发，说道："今天风吹在腿上有点儿凉呢，阿原，秋天这么快就来了！"

那一整天都很美好，到了晚上九点半，其他两个住户都还没回来。房子里静悄悄的，这短暂的清静对他们来说很宝贵。阿原刚洗完澡，头发湿湿的，坐在床边，他看着小麦不断耸动的肩问："你在干什么呢？"小麦的半个身子都埋在衣橱里："天凉了，我找几件秋天穿的衣服。""别找了，过来。"小麦转身，看见阿原的眼睛黑亮亮的。她心领神会，却故意确认一遍："你是想要我吗？"阿原说："对。"

小麦走过去勾住阿原的脖子，她想起白天听到的歌，就调皮地看着阿原，边晃动身体边唱起来："亲密的人，亲密的爱人，谢谢你这么长的时间陪着我。亲密的人，亲密的爱人，这是我一生中最兴奋的时分……"还没唱完，她的嘴唇就被阿原的嘴狠狠压住，他从牙齿缝里挤出一句："唱得难听死了。"

做爱的时候阿原什么也不说，偶尔从胸腔发出一声兽类的低鸣。小麦紧紧抱住他，双腿环在他的腰上，承受着他的撞击，疼痛与甜蜜交融的黑夜，现实的轮廓渐渐模糊，她忘记所有，寻找黑暗中的光亮般寻找着阿原的唇，将自己正值美好年华的双唇覆上去深深亲吻，这也许就是他们一生中最靠近彼此的时刻，往后他们能做的只有无限接近和重复这一时刻，这个时刻到来得这么早，令她生出失去的恐惧，即使知道于事无补，她也要更紧地抱住阿原。

小麦将头枕在阿原的胸口上，像一只正在小憩的猫。

阿原问："今天干吗使这么大劲？我的腰都快被你夹断了。"

小麦闭着眼睛掐他。

"感觉和以前有点儿不一样。"

小麦没好气地问："哪里不一样？"

"说不上来，你的身体好烫，皮肤好像变软了，还有，胸变大了。"

想到最近身体的种种不适，小麦有点儿担忧，但此刻她不想这股舒服的倦意被搅扰："胸变大不是好事吗？好啦好啦，明天陪我去医院瞧瞧，快帮我把被子盖上，有点儿冷。"说话间，小麦遁入一片黑甜的梦境。

内科医生问了一遍小麦的症状，又在她的腹部轻轻按了一圈，让她直接去做B超。小麦从门诊室出来，看见了坐在椅子上等待的阿原，一副无精打采的样子，就冲他做了个鬼脸，把他逗乐了。小麦躺到B超室的床上时，脸上的笑还未消失，一位中年医生在她肚皮上抹上冰凉的果冻状凝胶，拿着仪器划来划去。

两分钟后，小麦从B超单上第一次看见了她和阿原的孩子，像一只蚕的形状，卧在她子宫的角落里。医生看见她发怔的样子，就问："第一次怀孕吗？"小麦点点头。医生善意地说："第一个孩子，留着吧。"从这一刻起，小麦的头上就好像蒙了一层透明塑料袋，听什么、看什么、想什么，都有点儿朦胧的距离感。

阿原的反应和小麦一样——困惑，他们在阴霾的天色中慢慢走回家。路上两个人想起一天没吃饭了，去蛋糕店买了一盒蛋挞，阿原想起什么似的又多买了两个递给小麦。他们一路没有说话，也没有牵手，随着秋天的到来，世界似乎变得有点儿不一样了。

回到家，这种静默令气氛有点儿尴尬，逼仄的空间里，两人都不知道该干些什么。待了一会儿后，阿原说："我去找朋友玩会儿。"然后他起身出了门。小麦张了张嘴，什么也没说。她坐了一会儿之后想找点儿事做，就走到衣橱前，继续翻找秋冬的衣物。有意无意地，拿出几件宽松的毛衣，她想，到了十一二月肚子渐渐大了穿得着，可是一转念，也许孩子根本留不到那时候，心里就酸楚起来。

人在年轻的时候，因为鲁莽和蒙昧，很多决定的意义要在许久之后才会显现出来，但这一次，小麦虽懵懂，心里却知道这件事非同小可，不管留不留这个小生命，今后她的人生都要滑向另一个方向。她掀起衣服，把手轻轻放到裸露着的小腹上，除了皮肤温度略高于身体其他部位，和以往并没有什么不同，紧致、平坦的小腹悄无声息，除了医院的仪器，谁也察觉不到里面发生的变化。小麦仔细观察了一阵，一无所获，一阵滞重的倦意袭来，她和衣躺倒在床上睡了过去。

一阵阵夜风幽幽地吹进屋来，小麦打了个寒战，从杂乱无序的梦境中醒来。她起来关上窗，拉好窗帘。阿原还没有回来。第二天、第三天，阿原仍然没有回来。等待和无所事事让时间变得漫长，小麦的呕吐症状开始加重。小麦大部分时间除了昏睡就是看电视剧，她裹着被子在床上蜷成一团，努力抗拒着最糟糕的事情一件一件砸到她的头上。她一次也没有哭过。

这天，她又在黄昏时的倦意中昏昏睡去，迷迷糊糊地走进一个像走廊一样狭窄、潮湿的房间，房间里堆满杂物，没有窗，两头各有一扇小门，说是门并不确切，更像是只装了门框的两个洞。小麦背上背着重物，怀里还抱着一个包裹，又累又渴，疲惫不堪。她打开包裹一看，里面是个婴儿，面带微笑，睡得正香。她心里困惑，不知是谁的孩子，但她实在太累了，顾不上细想，先找到一张长板凳坐了下来。这时门外一阵喧闹，似乎有人在叫她的名字，小麦把婴儿放在凳子上走出去寻找，走了一大圈一个人也没见到。她好不容易找到回房间的路，房间里黑雾氤氲，比之前更暗了。她努力睁大眼睛摸索到长凳前，婴儿不见了。小麦有点儿着急，在房间里四处寻找，一抬头，看见房顶悬下一个大大的玻璃瓶子，再努力看，里面装满液体，正泡着刚才那婴儿，婴儿仍然面带微笑，睡着了的模样……

小麦从极度的恐惧中惊醒，憋了半天才能张开嘴大口喘气，她打开房间里所有的灯，穿上外套，她太害怕了，她不想孤独，不管阿原在哪里，她都要找到他。他的气味在被单上还没有消退，他给她的暖还没有冷，他怎么能就这样无声无息地消失？

阿原的手机大部分时间都关着，小麦也没有他任何一个朋友的号码。她从没想过自己和阿原会有未来，所以从不主动和他的生活发生交集。这是她第一次找他，全无头绪。

她只知道阿原喜欢去网吧玩游戏，就从离家最近的网吧开始找起，然后再坐车去远一点儿的地方。网吧里混浊的空气和弥漫着的烟味刺激着她敏感的鼻黏膜，中途想方便，但肮脏的洗手间让她打消了念头，偶尔经过几个聚集的年轻人，耳边还会传来轻佻的话语。小麦不觉回想起开发布会那天光芒四射的宴会大厅，到处都是灯光、鲜花，高跟鞋踩着柔软的红地毯，西装革履的嘉宾和笑容甜美的礼仪小姐，她和他们礼貌、轻柔地说话。就连空气也精心修饰过，带着淡淡的玫瑰清香。这两个世界如此千差万别，如今她却同样觉得陌生。

小麦总觉得阿原会出现在下一间网吧的某个角落，因此满怀希望地一家接着一家找下去，她走了很远，远得完全不认识眼前的路，远得不知道自己身在何处。后来她太疲倦了，身体像火一样灼烧，她只好走到路边拦了一辆出租车。开门的一瞬间，她感觉到不同于路灯的光亮，抬眼一看，一轮硕大、浑圆、灿烂的明月，像电影里的、油画里的，唯独不像现实中的月亮，在几缕浮云的烘托下，高悬于黛蓝色的天际。

她从没见过这么美的月亮，就像为了打动她，为了让她看见而升起的一轮月亮。小麦久久注视，晶莹的月光注满她脸上的泪水。她让出租车走了，自己迎着月光慢慢往前走。

一年前的某天夜里，她走在L市一条陌生的小巷里，小巷空无一人，沿街的铺面也都关了门，古朴的石板路上落着她孤单的影子。她走了一会儿，另一个影子跟上来："这么晚一个人走，不害怕？"小麦看看影子，抬头看看他，认出曾在机场见过他，和她同一天到达这个城市，取行李的时候帮她搭了把手。小麦稍稍放松戒备，说："想听首歌，找了几个酒吧都没有歌手会唱，所以想再找找。"

"哪首歌？"

"《假行僧》。"

"一起去？"

"谢谢，不用了。"

他跟着她静静地走了一会儿，突然说："我们做一分钟的朋友吧？"

"为什么？"

"这样我就可以陪你一起去找那首歌了。"

小麦停下来，犹豫着要不要让一个陌生人打扰她。时值四月，夜色宜人，一朵玉兰花吧嗒一声不偏不倚地落在两人中间，他说："你看，天意。"

他们走了很久，走上一个斜坡，只见在路的尽头，一丛蔷薇从屋檐上低垂下来，"酒吧"两个字若隐若现。窗口透出浅黄色的灯光，屋里很安静。小麦说："看来没有歌手驻唱，也没关系，走了这么久，我们进去喝点儿东西吧。"

店面很小，一张小桌上放着一个点着蜡烛的蛋糕，年轻的老板和他的两个朋友在庆祝生日，除此之外一个客人也没有。老板热情地招呼他们一起过去吃蛋糕。生日歌翻来覆去唱了几遍，大家都很开心，这时，一个长发男子起身拿了把吉他回来，他问坐在旁边的小麦："想听什么歌？平时我可不提供这种服务哦。"

"《假行僧》。"

长发男子愣了愣，对阿原说："你女朋友品位不俗。这可是我的灵魂之歌呢。"吉他声响起，歌者质朴的嗓音震颤着暖暖的夜色。

"我要从南走到北，我还要从白走到黑。

我要人们都看到我，但不知道我是谁。

假如你看我有点累，就请你给我倒碗水。

假如你已经爱上我，就请你吻我的嘴。

217

我有这双脚，我有这双腿，我有这千山和万水。

我要这所有的所有，但不要恨和悔。

要爱上我你就别怕后悔，因为一天我要远走高飞。

我不想留在一个地方，也不愿有人跟随。

我只想看到你长得美，但不想知道你在受罪。

我想要得到天上的水，但不是你的泪。

我不愿相信真的有魔鬼，也不愿与任何人作对。

你别想知道我到底是谁，也别想看到我的虚伪。"

告别了一行人走出小屋，他问："今晚心满意足了？"小麦点头。他说："多好的晚上，何况还有月亮。"她顺着他的目光看去，蔷薇花覆盖着的屋顶上空，有一轮小小的、明亮的月亮。

"来的时候怎么没有看见呢？"

"也许是刚刚才升起的。"

今晚她真的心满意足，下坡的时候突然调皮地背过身倒退着走，她的下巴高高扬起，凝视着那轮清新的明月。他怕她摔跤，绕到她身后扶着她。她说："你看，今晚的夜空多美呀，月亮不大不小，星星不多不少。不璀璨也不暗淡，一切刚刚好。"他默默点头表示同意。

"你能一直这么扶着我走吗？因为我想一直这么看着月亮。"

"可以。"

她一点儿也不怕他会让她摔倒，放心大胆地倒退着。她问："你说，月亮的背面有什么？"

"又黑又湿又冷，也许长满青苔和蘑菇。"

她眼睛亮亮地看着他，认真地说："也许是另一个世界，比太阳还明亮，全是草莓和棉花糖，任何一个角落都没有阴影。只要去了那边，你就会控制不住地大笑，什么忧伤都没有。"

"真有这种地方？"

"也许真的有。"

第二天他先醒来，看见她裙子褪到腰际，半裸着躺在他身边。随即她也醒来，冲他甜甜一笑。他问："你叫什么名字？"

"小麦，你呢？"

"阿原。"

这种萍水相逢，谁都没有太当真。谁也不知道谁从哪儿来，到哪儿去。也许第二天醒来另一个人就会消失。那段时间，他们活在一个远离现实的、缥缈的空间里，原本的自我从位置上滑落，取而代之的，是那个深藏着的，更加敏感、真实、脆弱的灵魂。虽然后来他们的关系一直断断续续持续至今，可最初定下的这种基调却从未改变，就像同时跳进一个肥皂泡泡的两只仓鼠，亲密得仿佛世上只有他们两个人，却始终与现实若即若离，未来是黑色的，或者透明的，总之没有人去谈论。他们的关系一直停留在那天清晨醒来的一刻，没有更远，也没有更近。小麦迎着那轮巨大的月亮，这一次她没有想象月亮的背面，她想她是最后那个无法逃走的人。她仍然无法做决定，甚至连个可以商量的人也没有，家从来不是她的港湾，她不想惊吓怯懦、毫无主见的母亲，也不会妄想脾气暴躁的父亲会理解她的处境并伸出援手。而那些年轻、单纯的朋友，也许他们还没到能够思考这些问题的时候。

不过，有件事她可以确定，那就是不管怎样，她都需要一笔钱。小麦掏出信封里的钱重新数了数，又打开钱包掏出所有现金，钞票里夹着一张小票，打开一看，是那条礼服裙的收据，"9680"的数字让小麦有些兴奋，她知道奢侈品牌的售后服务都不错，明天她要去碰碰运气。

这是僵冷的现状里的小小转机，然后小麦关上灯，在房间里一个没有月光的角落蜷身蹲下，任由阴影将自己吞没。她想，这时如果用铁棍敲敲她，就会发出铛铛的响声，因为她变得很坚硬。记忆中似乎一直是这样，不管她怎么努力，孤独总是宿命似的降临，她挣扎够了，开始安然处之。

人是不会变的，他们自以为读了书、见了世面，就有了学识，就会脱胎换骨。可在没有月光的角落，他们一点儿也没有变。怯懦的更怯懦、自私的更自私、冷漠的更冷漠、孤独的更孤独。此刻的小麦依然是那个泪水滴落在书页上的小麦，那本高中时代的书页上印着一首海子的诗：

> "秋天深了，神的家中鹰在集合
>
> 神的故乡鹰在言语
>
> 秋天深了，王在写诗
>
> 在这个世界上秋天深了
>
> 该得到的尚未得到
>
> 该丧失的早已丧失"

第二天，小麦提着装了礼服的纸袋下楼，楼道里逆着光，迎面

220

走上来一个人。阿原蓬头垢面地问她："你去干什么？"

"退一条裙子。"

"我看见你穿过吗？"

"没有。"

"那穿给我看看再退可以吗？"

小麦不想再穿上这条裙子，这会令她想到那个不快的晚上。但是阿原回来了，她心里高兴，并且这也不是什么过分的要求。

小麦和阿原回到房间，她换上裙子，穿上高跟鞋，一只手轻轻叉腰站在阿原面前问："怎么样？"

阿原摇头："装模作样，不好看。"

小麦呸他："你懂什么？"

阿原说得很中肯："你穿上这条裙子，像是要告诉所有人你很漂亮，其实你谁也不去取悦的时候最漂亮。女人的美不能招摇，要不经意间流露，你说我懂不懂？"

小麦揶揄他："嘴巴这么甜，是不是跑出去这么久心里内疚？"

"久吗？以前我也出去过这么久，你怎么都没问过？你是在意我了，所以觉得时间久。"

"我说不过你，你还是先陪我去退裙子吧。"

两人坐上出租车，小麦刚要习惯性地往阿原身上靠，想想还是坐直了，只把手放在他方便握到的地方。阿原说得没错，以往他突然出现或消失，小麦并不在意，可现在不一样了，她需要一点儿安全和稳妥，不稳妥的时候，她只好自己抱住自己。

小麦在离品牌店很远的地方就看见了醒目的标志和巨幅广告。

身材修长、面庞冷峻的模特穿着一件黑色的大衣，裸露着的小腿蹬着一双沙色踝靴，手拎同色的提包。奔跑中匆匆回头张望，似乎要摆脱谁的追赶。小麦想，她如此美丽优雅，假象中追来的危险也变得高贵迷人，也许是一头被她的美貌吸引尾随而来的猎豹，或是背叛她的英俊男友在敞篷跑车里呼喊着她的名字求她原谅，总之不会是一个蓬头垢面的流浪汉，不然她好看的琥珀色眼睛里一定会流露出几许嫌恶。

两位衣着考究的店员面带训练有素的笑容，像迎接贵宾般伸出戴着白手套的手为他们开门。迎面巨大的屏幕上一队精致如广告画的模特从T台深处鱼贯而来，地板光洁如镜，一切都明亮耀眼。

环境带来的压迫感让阿原有些不舒服，本只是不修边幅的他，站在偌大的镜子前竟显得那样落魄、潦倒。他不耐烦地撇撇嘴环顾四周，接着避开店员殷勤的目光，径直走到落地窗边的沙发处，坐下掏出手机打游戏。

而故地重游的小麦已经明白品牌店这些把戏，直接走向收银台，她穿过宛如童话中的小径，四周挂满羊毛和丝绸质地的高级成衣，伸手便能感受到皮草的迷人触感，项链、胸针上的宝石在白色射灯下闪着虚幻的光。但再次走过这里的她心里清楚，虚荣心只是浮在生存这杯苦涩咖啡上的一层美丽的奶油泡沫，翻滚在彩色波浪中的一枚枚白色小价签上的数字才是真谛。

小麦向店员说明来意，并拒绝了店员关于换款的提议，执意要退钱。女店员红唇上的笑意越来越微弱，她上上下下打量了小麦一番，又看了看远处的阿原，然后拿过礼服开始一寸一寸地检查。海报上的模特神情有了些许变化，小麦默声说，你不是妈妈，你不会

222

懂。"妈妈"这个词突然从意识里蹦出来，吓了她一跳。

获胜的小麦拉着阿原走出品牌店，两个人手牵手奔跑起来，一直跑到路口的红绿灯前。

小麦说："还要等四十秒。"

阿原说："四十秒可以做点儿什么呢？"

小麦笑："一分钟都不到，能做什么？"

"一个拥抱总是够的，到我怀里来吧。"

阿原拉开外套的拉链，把小麦裹进去。小麦贴着他的胸口，开始掉眼泪。

"阿原，我以为你再也不回来了。"

"害怕了？"

"嗯，害怕了。"

"我不会就这么丢下你一走了之的，你不了解我。"

这种温柔一直延续到晚上，两个人抱着，静静地躺在床上。小麦拉过阿原的手放到她的肚子上，问："你说怎么办呢？"阿原叹气："不知道。""想了这么多天也没想出来？""那你呢，想出办法没有？"小麦摇头。

"小麦，你听着，我只说一次。我知道这件事对女人来说很重大，何况是你第一次怀孕，不留他，伤你身体不说，你心里多少都会怨恨我，我们的关系可能就到此为止了，即使今后我用力修补也会有裂痕。可是留下他……"阿原的声音低了很多，像是承认一个很不情愿承认的事实，"目前我没有这个能力。养一个孩子该有的条件，我一样也没有。别说养孩子，我连……娶你的条件也没有。"

小麦诧异："你有想过娶我？"

阿原有些懊恼："如果你认为我爱你是三分，那么事实上我爱你就是十分。你白跟我这么久了？怎么一点儿也不了解我？不说了，睡觉。"

那晚是阿原先睡着的，小麦把他湿湿乱乱的头发往后捋了捋，一张年轻气盛的脸便露出来了，倦意和消沉都无法遮盖的活力从眉头，从紧绷的嘴角丝丝渗透出来，在月光下闪着奇异的光泽。他那圆润的鼻头和肉感的下巴稚气未脱，而高高隆起的额头又分明显得他野心勃勃。那双眼睛，在他醒着的时候，小麦想起最初吸引她的就是这双眼睛。即使迎着明亮的光线，他的眼珠也是漆黑漆黑的，黑得看不见瞳仁，黑得像深渊。所以他的眼神看起来总是冰冷的，带着不屑。

有一回小麦说："你的眼睛这么黑，一定是心事藏得深。"阿原挑衅地一笑，说："你不懂。"她确实不懂。她只是从之前阿原和家人在电话里的争吵中拼凑出零星的情节。一年半前阿原刚刚毕业，推掉了学校保研的名额，也拒绝了父亲上下活动为他在政府安排的公职。他一心要自己闯荡，辗转换了几家公司后，信心失掉大半，连自己想要什么也模糊起来。父亲一气之下断了他的经济来源，他呢，整日混迹网吧、台球室，靠朋友、同学接济度日，未来彻底变成一团迷雾。

小麦理解这段梦想着陆到现实前的迷惘期，就是有很多傻瓜放着好好的捷径不走，偏要去探索自我，对人生未知的部分充满向往。至于结果，就要看命运是否眷顾了。她从没抱怨过阿原的不现实，也没因为他经济上的拮据表达过不满。相反，她很欣赏阿原的这份反叛和不安分。

现在，她看着这张蓄势待发的脸，心里清楚他的时代还没有到来。他只是在她这里停留一会儿，打个盹儿，有天醒了，走出这个门，抖一抖身上的尘土，前面就是繁花似锦的人生。

而她，怎么能用一个孩子困住他、消耗他、拖垮他、撕扯他翱翔的翅膀？她宁愿自己承担残破的人生，也不愿看见他的失意。小麦低头在阿原的唇上轻轻吻了一下，也许会痛，会有噩梦，也许他们走不到头，也许最后她在阿原的心上只剩一道浅浅的刀印。但有过此时此刻，有过阿原说爱她，她很知足。笑她傻，她便是傻吧。

小麦握着阿原的手，静静地躺了几个小时，天刚微明，便轻手轻脚地起床了。她找了一件宽松的衣服穿上，煮了两个鸡蛋放进包里，悄无声息地出了门。小麦没有坐车，在黎明的浓雾和灰白的寒意里慢慢向医院的方向走去。空荡荡的街道上只有清洁工挥着巨大的扫帚把落叶归拢到一处。

走着走着突然一个黑影从天而降，小麦本能地往后一躲，一段树干连枝带叶砸在地上。头顶上传来叫骂声："好死不死大清早碰到一个聋子，整条街的人都听到了，就你听不到！我跟你说，砸死、砸残跟我没关系，我叫你躲开躲开，你可倒好，非要找死……"树旁的梯子上一个工人挥舞着电锯，气急败坏地嚷嚷着。小麦默不作声地快步走开，一路上都在纳闷怎么没听见叫她让开呢？她明明听见了扫帚拨动树叶的沙沙声、远处汽车发动的声音，甚至听到了心脏紧张地将血液泵送到全身的声音，想了一会儿，她摇摇头放弃了这个问题。

小麦走到医院时，天已放亮，这是个阴天。这天医院的人竟出

225

奇地少，挂号处、收费处均不见排队的长龙，偌大的厅有些空旷，温度似乎比室外还要低两三摄氏度。小麦没等多久便迅速进入到术前检查的环节。医生用仪器在她肚子上划拉了几下，说："胎心可见。"小麦没去想这句话的意思，她看着四周的墙壁想，为什么不在墙上装一个钟呢？躺在这里也不知道几点了。

医生看看门口没人排队，转过脸对小麦说："胎儿有心跳了，你想听听吗？"这回小麦听清了，她看着医生圆圆的脸觉得眼熟，认出是上次给她做B超的那位医生，小麦点点头。又一台仪器被拿过来贴在她的肚皮上，一阵突如其来的急促的咚咚声把她吓了一跳。医生说："胎儿的心跳很快，现在是每分钟一百三十六次，小家伙很健康。"

小麦爬下做B超的床，换上手术服，又爬上手术床，两张床都是黑色的，都是如此狭窄，四十厘米，最多五十厘米宽，躺下来就动弹不得。小麦耳边一片嗡嗡的嘈杂声，无影灯强烈的亮光照得她眼前一片空白。她努力地在四周的墙壁上找挂钟，却什么也看不见。护士拍拍她的腿："裤子脱掉一条腿，两条腿放在架子上，现在消毒，会有一点儿凉。"身旁又一个护士抓起她的手，一阵针刺的疼痛，"一会儿麻药从输液管打进去，睡一觉就结束了，不要紧张。"

小麦想，她的耳朵也许是出故障了，她用尽全力想听清那片嘈杂的噪音，声音越来越响，越来越清晰，"咚咚咚，咚咚咚……"像千万马蹄踏过山谷，像无数军鼓齐声敲响，震耳欲聋的响声使小麦的头都要炸裂了。她用尽最后的力气说："对不起，我要打一个电话。"

阿原牵着小麦往回走，他说："你胆子还敢再大一点儿吗？居然瞒着我，一个人来做手术。结果怎样，搞砸了吧？"

小麦还不死心："要不你陪着我再去一次？有你在，我就没那么害怕了。"

"拉倒吧，你看你脸色惨白的，我带你去喝碗热汤。"

死路堵死了，另一条路似乎也走不通。两个人坐在路口一边喝羊杂汤一边四处张望。小麦问："看见什么了？"阿原摇头。小麦把碗里的羊肝捞出来放进阿原碗里："我不爱吃羊肝，看着恶心。"

两个人回到家抱在一起睡到黄昏，从这天起太阳消失了，月亮也消失了，白天消失了，夜晚也消失了。

小麦醒来去浴室洗澡，忽然看见镜子里的自己，皮肤失去了原来洁白的光泽，像蒙了一层灰似的；乳房鼓了起来，乳晕也大了一圈；肚脐下一道褐色的线一直延伸到耻毛。小麦吓坏了，裹起浴巾惊慌地跑出洗手间。

阿原已经起床穿好了衣服，他说："我出去一下。"小麦气不打一处来，拿起桌上的一个碟子朝阿原丢过去："整天往外跑，走走走，最好别回来。"阿原一闪身，碟子砸在门上碎了一地。阿原叹了口气，默默走出门。小麦伏在床上呜呜地一直哭到精疲力竭。

回来的时候，阿原手上提了一个塑料袋，他从里面拿出一盒奶粉，去厨房用热水冲好一杯，走进来递给小麦。小麦喝了一口，皱着眉头说："好腥，你买的时候怎么不问问？"阿原要端走，小麦问："干吗？""你不喜欢，我去倒掉呀。""多浪费，要不你喝了吧，孕妇都能喝，你肯定能喝。"

227

阿原没有抗议，乖乖扬起脖子咕噜咕噜地喝完了。小麦看着，心里有点儿酸酸的，她说："你要出去玩就去吧，这个房子这么小也待不住人，我可以跟你一起去。"阿原说："今天不去了，一会儿我们去看场电影吧？我前几天路过电影院，看到了《星际迷航》的海报，应该上映了。"

大屏幕上忽明忽暗的光线投射在两张年轻的、轮廓凌厉的面孔上，那贪婪吮吸着光线的瞳仁仿佛迷失在茫茫宇宙中的小小星球。他们同时体会到这份孤寒似的摸索然后握紧彼此的手，又一次谅解对方。

除了不再做爱和刻意回避身体的变化，他们的生活又回落到一种平静当中。小麦常常跟着阿原钻进洞穴一样的地下室，封闭混浊的环境里阿原玩游戏她看连续剧。一连七八个小时，回到地面时两个人需要慢慢吃一顿饭，然后沿着街边走上一段路才能回过神来。相比而言，小麦更喜欢看电影，一有新电影上映马上去找黄牛买便宜的票。跟阿原手牵手坐在电影院，笼罩在梦一般的光线里，她能把外面的世界忘得一干二净。一切能让她忘记世界的活动她都喜欢。

那段时间，他们二十四小时黏在一起，话却不多，只是不管睡觉，还是吃饭、走路都会不时牵牵手，确认对方在身边。

其间小麦接到一个陌生号码的来电，一按接听，里面立刻传来唐总热情洋溢的声音："小麦呀，总算联系上你了，是身体不舒服吗？还是和男朋友吵架了心情不好？怎么这么多天不来公司，招呼也不打一个呢？我一直特别担心你。

"你这个孩子哪里都好，就是自尊心太强，那晚曹书记多喝

228

了几杯嘛多说了几句，也没把你怎么样是吧，你看你怎么能摆他一道？单还是我让司机回去给买的，要修补这个关系又要花掉我多少精力，买单的钱还在你那儿吧？

"你这么久不来公司也不和我联系，我也不知道你的想法，你要是另谋高就我也不拦你，而且要为你高兴。但是总得来公司交接一下工作是吧？项目从头到尾都是你经手的，没人比你更熟悉了，这些天离了你，我实在焦头烂额。提成的事我可不是言而无信的人，不过这才刚签约，政府的办事效率你比我清楚，而且曹书记也指出项目有些瑕疵需要修正……"

小麦开了免提听着，越听越觉得好笑，这明明是一个烂到骨子里的人，她怎么会在那么长的一段时间里视他为人生导师，听他的大道理，死心塌地为他卖命？小麦想着，就笑了起来，一边哈哈大笑一边挂了电话。她从桌上翻出项目企划书递给阿原："一会儿带去洗手间擦屁股。"阿原嫌弃地看了一眼，说："不要，纸太硬。怎么说也是你的心血，别儿戏。""我没见过比这更蠢的东西。"

阿原不再说话，埋头玩游戏，最近他发现了一款叫《机械迷城》的单机游戏，在家里就能玩，还能同时陪小麦，一举两得。一个有点儿呆萌的银灰色机器人被关在一个狭小、密闭的空间，只有不停尝试房间里的一切道具，才能找到通往下一关的钥匙，有时看着全是死路，真是不知生机藏在哪里，也许这正是这款游戏的魅力所在。阿原玩得不眠不休，小麦不记得自己有多少次是在满屋迷幻的光线中入睡又醒来。

这一天，她从无序的梦境中慢慢睁开眼睛，那片湿蓝的光线不见了，房间里灰暗得像世界上某个永远不会被发现的角落。阿原仰头斜躺在椅子上，双手在身前交叉。小麦以为他睡着了，细看才发现他睁着眼睛，一动不动地盯着空气中的某一点。

"你醒了？"

"怎么不玩了？"

"打通关了。"

沉默了一会儿，阿原把脸转向小麦："你有那么爱我吗？愿意为我生个孩子。"

"你有那么爱我吗？愿意让我为你生个孩子。"

"你收拾行李吧，明天跟我走。"

　　一颗天使的种子吹落在我的田地

　　生命的质感

　　柔软得不易察觉

　　它满怀爱意、挑衅和顽皮

　　静静等我来安排全局

　　那一刻失重的眩晕和恐惧

　　我感到身体最脆弱的部分被命运一箭射中

　　不断从颤抖的梦境中惊醒

　　又不断在对它模样的想象中重获安宁

　　徘徊的时间里，长廊延伸着

　　两旁交错地陈列满每一克增长的痛或者憧憬

　　最后的最后我说

　　孩子

　　妈妈是如此地年轻、茫然

如此地无知、贫寒

　　但是妈妈决定许你一个可触可碰的未来

　　妈妈要给你一个自由，前往光明

　　阿原带小麦乘飞机去了南方的一个陌生城市，当时小麦还不知道那是阿原的家乡。他们在一个宽敞但是没有任何家具的房子里落脚。阿原说这是他朋友的房子，可以暂时借住。这里阳光充足，气候似乎正值初夏。小麦抱怨阿原没有跟她说天气状况，害她带的一堆毛衣、羽绒服都派不上用场，而裙子又一条没带。最初的几天，她只好穿着阿原的T恤待在家里。

　　房间里明亮极了，拉上窗帘也还是亮，小麦那习惯了昏暗的眼睛此刻只好微微眯着。小麦站在窗前掀开衣服让阳光落在肚皮上。肚皮像装了一个西瓜似的鼓出来，紧绷绷的，仔细摸一摸，有的地方硬出一块，有的地方又出奇地柔软。小麦想，硬的地方应该是孩子的脚后跟吧，软的呢，也许是他的脸蛋。

　　她用心地摸着，一寸一寸，一厘米一厘米，一个生命的轮廓渐渐浮现在她的手心。一颗心跳的动静叩击着另一颗心，唤醒她连日来迟钝的神经。

　　小麦仰起脸，在南国的骄阳下第一次因幸福而泪流不止。泪珠流过面颊，悬在下巴，接着跳水似的滴落在她光洁的肚皮上，就像雨水滋润良田。这是我的……孩子。

　　阿原每天都出去，从不告诉小麦他要去哪里，但是小麦从他打电话时依稀的言语里听得出他是去借钱。阿原有时回来得早，有时回来得晚，有时兴高采烈，有时很沮丧。一个年轻男人的自尊心是多么无用又是多么宝贵！小麦坐在阿原用无数自尊堆砌起来的玻璃塔上，她是他的公主。

这天晚上，阿原拎了一个榴梿和一打冰啤酒回来，他把一张银行卡递给小麦："里面有十万块钱，密码是我们遇到的日期，从现在到孩子满一周岁应该够了，后面我再想办法。我拐弯抹角地把事情跟我妈透露了点儿，她有松口的迹象，毕竟我是她唯一的儿子。"

阿原脱了上衣，打开一罐冰啤酒对着窗外灿烂的星光一口气喝光，他倚在小麦腿边，那神情像大海一样自在。他说："明天我带你去买裙子，不要黑色，不要花花绿绿的，别的随你挑。"

小麦把手指插进阿原浓密的短发，她问："你猜是个儿子还是女儿？"

"儿子吧，我感觉是儿子，有劲儿。"

"你是因为我不肯打掉，不得已才要他的吧？"

"不是，是我自己下了决心。"

"为什么？"

"有天晚上我做了一个梦，梦到我一生历尽坎坷，起起落落，得到一切失去一切，最后孤独终老，膝下无子。不爱任何人，也不被任何人所爱。弥留之际我问自己，当初为什么不留下这个孩子，至少在这世上还有一份牵挂。"

"我呢？我不在你身边吗？"

"不在，你也离开我了，也许是被我伤透了心，也许是跟比我更好的男人走了吧。"

"好悲凉的梦。"

"也许真有宿命这种东西，他既然来了，何必当成没发生？我现在很想亲眼看到他出生。"

　　晚上，小麦紧挨着阿原躺在只铺了一层床单的地板上，快入睡时一个奇妙的动静惊醒了小麦，她刚要开口，阿原就问道："儿子是不是踢你了？"

　　"你怎么知道？"

　　"我感觉挨着你肚子的地方被踢了一下。"

　　"阿原，"小麦抱住他，"最后我们谁也没去月亮的背面。"

　　"是的，谁也没去。"